奇闻怪谭录

张九来／著

春风文艺出版社

·沈阳·

图书在版编目（CIP）数据

奇闻怪谭录 / 张九来著 . -- 沈阳：春风文艺出版
社，2024.8. -- ISBN 978 - 7 - 5313 - 6796 - 3
Ⅰ. I239；I277.3
中国国家版本馆 CIP 数据核字第 2024VB3845 号

春风文艺出版社出版发行

沈阳市和平区十一纬路 25 号　邮编：110003

辽宁新华印务有限公司印刷

责任编辑：姚宏越	责任校对：张华伟
封面设计：冯少玲	幅面尺寸：170mm × 240mm
字　　数：283 千字	印　　张：16.5
版　　次：2024 年 8 月第 1 版	印　　次：2024 年 8 月第 1 次
书　　号：ISBN 978-7-5313-6796-3	
定　　价：68.00 元	

以勤奋之姿　写世间万象

——张九来短篇曲本集《奇闻怪谭录》序

吴文科

　　张九来先生是著名的曲艺曲本和戏曲剧本作家，曾长期担任河南省曲艺团的专职创作员。据他本人统计，从事曲本创作数十年来，先后创作、发表及排演的作品，共有一千六百余件；累计获得的省级以上创作奖项，达一百六十多个。其中，2001年在中国文联出版社出版的收录有一百零八个长中短篇曲本的《新竹枝词——张九来曲艺作品选集》，于2003年4月获得河南省第三届优秀文学艺术成果奖；2009年7月，他因长期从事曲艺工作且成绩突出，被中国曲艺家协会授予"新中国曲艺60年突出贡献曲艺家"荣誉称号；2018年，北京燕山出版社出版了十卷本的《张九来选集》；2022年，他又以这些创作成果被河南省曲艺家协会授予"河南省曲艺特殊贡献奖"。

　　不难看出，这位出生于河南省郑州市中牟县黄店镇武张村、早年曾任中牟县文化馆创作组成员、后调河南省曲艺团并获评一级编剧职称的专职创作员，是一位勤奋高产又成就卓著的难得的曲本作家。

　　2023年9月的一天，已经八十二岁高龄的张九来先生，通过电子邮件发给我他新近陆续创作的短篇曲本共二百余篇。同时附言称，"每天写一个"短篇曲本，"借以打发余生"。坦率说，看到这么多的曲本篇章，知道一个耄耋老人仍坚持把写作当成日常生活的主要内容，特别是由此所折射出来的积极进取的人生姿态，对他的感佩之情油然而生！

抽空披览，发现这些他拟以《奇闻怪谭录》的书名结集出版的曲本作品，不仅题材内容非常丰富，而且曲种形式十分多样。共涉及河南坠子、河洛大鼓、大调曲子、仪封三弦书、南阳三弦书、鼓儿哼、道情、山东快书、安徽琴书、山东琴书、京韵大鼓、快板书、评书、故事等十四个曲种。仅此一项即可印证，他是一个实不多见的曲本创作多面手；也从一个侧面充分表明，他有熟练驾驭不同曲种形式曲本体裁的创作能力；从这些作品的选材角度到思想立意再到形式技巧和语言运用，各具意味且别有特色，更加说明，他是一个既熟谙相关曲种形式特点又深具曲本创作思想情怀，从而有着鲜明艺术及审美追求的曲本作家。

张九来先生之所以将这些短篇曲本称之为"奇闻怪谭录"，是由于其中所写的题材内容，无论依托民间传说改编，或者根据现实生活创作，是假托动植物寓言警世，还是借助野史逸闻进行演绎，大都具有引人入胜的传奇色彩，蕴含着怪异但不陌生的人间事理。光看这些作品的名称，即可不难想见，所写都是怎样的内容。比如，山东快书《公鸡的骄傲》，河南坠子《名誉损失》《奉子成亲》，三弦书《俩青蛙闹离婚》《八哥与小白兔》，鼓儿哼《还赌账》《买爷爷》《猪与熊猫》《蜜蜂与苍蝇》，山东琴书《换爹》，快板书《领"死尸"》，等等。仅看名目，就会让人想看想听。

当然，作为著名曲本作家的张九来先生，绝非故弄玄虚和虚头巴脑的"标题党"。这些看似不乏怪诞，实则映射社会人生的艺术创造，蕴含的世事义理、人生况味、审美理想与思想情怀，是非常丰富而又深切的。读这些作品，既像逛大超市，又似进大餐馆，琳琅满目之外，更有酸甜苦辣，让人目不暇接，却又击节喟叹！作者对于所写的观察和立场、态度和眼光、褒贬和臧否、警世和劝诫，尽数蕴含其间。值得阅读，更值得排演。

而在写作技巧上，这些作品，大都具有巧妙的构思和鲜活的语言。既能平中见奇，发现其间不易察觉的机理；又能奇中见常，参透平素见惯不怪的哲理；而且常中见特，洞穿常人无法抵达的道理；还能特中见异，洞见奇谈怪论背后的义理。比如南阳三弦书《俩青蛙闹离婚》，内容叙青蛙生出个癞蛤蟆，弄得男青蛙被人背后乱议论"戴绿帽"，但在男青蛙的离婚威胁下，女青蛙不得已说出隐藏的真相："只因为咱俩恋爱前，我曾经悄悄整过容！"生动有趣，蕴含哲理，影射现实，富于启迪。又如河南坠子《奉子成亲》，面对有孩子在婚礼上喊新娘为

"妈妈"的尴尬，婆婆在弄清情况后，态度由不悦到欣慰的反转，歌颂了还是善良人多的社会新风。另如快板书《妈妈的遗嘱》假托欠债留遗言，试探孩子谁心善，孝敬的儿子独揽责，母亲遗产他一人占。凡此，都使这些作品构思巧、寓意高、表达妙。

由此所体现出的张九来先生曲本创作的特点与品格，也是十分鲜明的。

首先是态度积极、刻苦勤奋。已到耄耋之年，仍能日成一篇。这在业界可说是非常鲜见！其敬业精神，十分令人敬仰。

其次是触角深广、思想敏锐。所写篇章不仅题材内容丰富多样，而且主题立意积极向上。其创作精力，依然比较旺盛。

再次是技巧娴熟、语言鲜活。不但深得曲本创作采用口头语言进行艺术加工的壶奥，还能在通俗生动的俚语运用中，巧妙传达出具有相应思想的动人内容。

当然，舞台演出的脚本创作通常要求更高、难度也更大。短篇曲本要在短小的篇幅之内，窥斑见豹地表现较为宏阔的生活内容和相应深邃的思想精神，难度尤其巨大。而包括曲本在内任何样式的文艺创作，追求都是永无止境的。更何况如俗话所说，"萝卜快了不洗泥"。张九来先生这些不乏速成的曲本作品，当然也有进一步打磨和提高的完善空间，相信在付梓出版的过程中，一定会再行修订，精益求精，成为可供这些曲种的表演者随时搬上舞台演出的合格成品。

是为序。

2023 年 11 月 28 日

于北京　中国艺术研究院

（吴文科，中国艺术研究院曲艺研究所名誉所长，中国曲艺家协会副主席，中国说唱文艺学会会长，研究员，博士生导师）

目　录

奉子成亲（河南坠子）

鞭炮响，鼓乐鸣，

结婚典礼正进行。

新郎欧阳靖、新娘孟芙蓉，

相视而笑互鞠躬。

忽然跑来个四岁的小男孩儿，

拉住了新娘的婚纱喊了一声：

（白）"妈!"

亲友们闻听全都直发愣，

新娘子大吃一惊脸通红：

"咦，哪来的孩子乱叫妈？"

"妈，你不能无情把我扔!"

（痛哭）嘿嘿……

这时候婆婆起身到跟前：

"芙蓉，这是谁家的孩子咱得先问清。"

新娘自知难瞒哄，

干脆沉稳说分明：

"妈，四年前的冬天特别冷，

我在野外捡到个毛毯包裹着的小男婴；

可怜他嘴唇发紫脸发青，

就把他抱到俺家中。

我父母双亡只有一个老奶奶，

俺祖孙抚养弃婴情满胸。

到医院给他做体检，

去民政局为办户口做证明。

辛苦抚养他四年整，

他喊我妈妈我也应。

我结婚想要给他找爸爸，

我奶奶怕你责怪起纷争，

因此上她带着孩子来求证，

你要是讨厌我奉子成亲就当面说明，咱好说好散、各西东。"

婆婆她转身看着欧阳靖，

欧阳靖连连点头笑盈盈：

"妈，这件事我从头到尾全知道，

我怕你生气才没有对你说清。"

婆婆听罢转身走，

亲友们顿时乱成了一窝蜂。

这个说："大闺女带个孩子来结婚，

玉洁冰清也说不清。"

那个说："婆婆天生烈火性，

怕只怕这桩婚事要吹灯。"

说话间婆婆又回转，

只见她红光满面兴冲冲：

"我有幸娶了个好媳妇，

宅心仁厚、品德高尚、柔情似水像雷锋。

这孩子就是我的亲孙子，

我要供他大学毕业再读研究生。

这真是双喜临门多喜庆，

看，我这银行卡里有十万元钱，做奖金奖给我的宝贝儿媳孟芙蓉！"

照全家福（河洛大鼓）

深山沟，赵家庄，

农家小院起火光；

浓烟滚滚冲天起，

烈焰腾腾烧塌房。

因为电线断路迸火星，

燃起大火遭祸殃。

老大娘，哭又喊，

儿子赵强连声嚷：

"孩儿他妈，别拉我，

让我去进屋里抱出电视和冰箱。"

这时候，山坡上跑来一个人，

正是家长赵平常。

他气喘吁吁大声喊：

（白）"都别动！

要谨防大火把人伤。"

"嗯，火烧了咱三间大瓦屋，

咦，还有厢房和厨房。

嗨，咱的本田轿车在门外，

我孙子也毫发无损伤。

哈哈，旧的不去新的不来，
我早想拆掉老屋建新房。
这大火倒省了咱的事儿，
咱清除垃圾盖洋楼就能开张。
我手机里银行卡有存款三十万，
盖好楼还能买全新电器和家当。"
他老伴儿，泪汪汪，
嘴唇颤抖带哭腔；
"死老头儿你净做白日梦，
咱眼下住哪儿拿啥充饥肠？"
"嗨，你跟我到山坡果园住茅屋，
（白）儿子儿媳和孙子，
住小轿车能当床。
果园里做饭的锅灶都齐备，
米面油盐嘛，暂借可以找街坊。
咱儿子可经受拼搏创业苦，
到将来才能扛大梁；
小孙孙眼下受点儿罪，
百炼成钢，准能成为好儿郎。
看，火光中金蛇乱飞舞，
红红火火多吉祥。
来来来，咱都站好照张相，
我用手机照一张全家福永保安康！"
（白）喂，茄子——
来救火的乡亲齐鼓掌：
都说是"俺送您米面理应当。
您盖洋楼俺帮忙，
你赵平常实在不平常！"

名誉损失（河南坠子）

美女民警上官兰，

晨练跑步去公园。

她看见一位老汉过马路，

忽然晕倒马路边。

她跑上前，细观看，

见老汉失去知觉难动弹（啦）。

上官兰取出手机打电话，

请救护车前来莫迟延。

救护车拉上老汉到医院，

抢救费上官兰交了三千元。

经过抢救老汉脱险，

打电话喊来儿子胡保全。

胡保全硬说他爹被撞伤，

死活要讹诈上官兰。

"哼，你为啥要送我爹来医院？

你主动缴费为哪般？"

（白）"你听我说……"

（白）"我不听！

你撞伤我爹错难免，

这医疗费、误工费必须由你来承担！"
上官兰有口难分辩，
到法院打官司诉苦鸣冤。
那法官调来了事发现场的摄像头，
重放录像追根求源。
胡老汉跌倒时上官兰还距离十米多远，
胡保全自知理亏、鞠躬道歉再而三。
上官兰却忽然变了脸，
要对方赔偿她名誉损失四万元。
后经法官依法公判，
胡保全赔四万也无怨言。
上官兰把钱捐给了敬老院，
她的美名就随着春风到处流传。

俩青蛙闹离婚（三弦书）

雨后新晴月朦胧，

池塘水岸群蛙鸣。

有一对青蛙夫妻正吵架，

你看那男青蛙怒目圆睁高挺胸；

火冒三丈出气猛，

鼓肚张嘴喊高声：

"小蛙婆，你咋生了个癞蛤蟆？

他相貌丑陋无正形。

浑身疙瘩变了种，

不像你、不像我，让人背后乱品评。

我怀疑你出轨给我戴绿帽，

说！你到底和谁有私情？"

女青蛙不由得眨眨眼，

四肢乱蹦不消停：

"咦，我死心塌地跟着你，

从没有三心二意，那是玉洁冰清。

我产卵就在水塘边，

咱日夜守着那水坑；

谁知那蝌蚪变成了癞蛤蟆，

我怀疑你基因突变也有可能。"
男青蛙咬牙切齿双眼瞪：
"你气得老子要发疯！
你不说实话咱就离婚，
别怪我翻脸太绝情。"
女青蛙闻听心害怕，
说出实情脸通红：
"只因为咱俩恋爱前，
我曾经悄悄整过容！"

公鸡的骄傲（山东快书）

我家有个公鸡王，

只长得身高体胖不寻常。

长尾巴，尖翅膀，

红色羽毛亮堂堂。

红鸡冠，长脖颈，

圆溜溜俩眼放光芒。

大嗓门儿，高又亮，

引颈高歌挺胸膛；

（鸡鸣口技）哏儿哏儿哏儿！

乖乖！一声叫得星星落，

（鸡鸣口技）哏儿哏儿哏儿！

两声天空出霞光。

（鸡鸣口技）哏儿哏儿哏儿，

三声叫得特别响，

唤醒了东方的红太阳！

姑娘们看见公鸡直夸奖：

"嗨，大公鸡简直赛过金凤凰。

比那些帅哥还要帅，

小鲜肉们见它就别再张狂（啦）。"

小伙子们是羡慕嫉妒恨，

话出口像打机枪：

"咦，这家伙，太狂妄，

你看它三妻四妾好几房！

还不买车，不买房，

不送彩礼，不必存款去银行。

还见了母鸡就调戏，

就地正法耍流氓。

你看它神气得那熊样，

我真想给它两巴掌。"

大公鸡闻听头一扬，

话儿出口费思量：

"我骄傲，我自豪，我骄傲自豪、自豪骄傲，

因为我没有丈母娘！"

吃馒头（河洛大鼓）

诸葛亮运筹帷幄施奇谋，

七擒孟获泯恩仇。

班师回朝凯歌奏，

泸水滔滔令人愁。

惊涛拍岸浪排空，

雾气弥漫发怒吼。

浪遏飞舟兵退后，

诸葛丞相屹立江边久久停留。

孟获他屈膝下跪拱双手：

"启禀丞相，

此乃河神怒不休。

那河神年年要贡品，

咱必须把牛羊祭品往江里投；

要鸣鞭放炮、焚香烧纸三叩首，

还要送上一个童男、两个童女仨人头。"

诸葛丞相连摇羽扇眉微皱，

面带微笑语轻柔：

"嗯，祭祀风俗可依旧，

却不能拿童男童女去砍头。

孟将军，

你让人用面团捏成童男童女的容貌后，

蒸熟了再以假乱真往江里投。"

孟获他遵命照办暗作秀，

那泸水果然是风平浪静息了洪流。

诸葛亮谈笑间救了童男童女的命，

都说他比那水神还要牛。

南蛮人对诸葛亮感恩戴德，

从此后就天天用面团蒸蛮头。

（白）诸位，南蛮的"蛮"字，传的时间长了，就变成了现在我们说的馒头
　　　的"馒"字。

至如今国人天天吃馒头，

请别忘了诸葛亮仁德爱民、儒雅智慧、千古风流！

油炸桧（河南坠子）

漫天飞雪冷风吹，

江河呜咽山伤悲。

在临安街头的一个简陋的饭店内，

站着店主崔雨霏；

他捶胸顿足眼含泪，

对老婆怒发议论颤巍巍：

"唉，金兵南侵民遭罪，

咱从汴京逃到临安无家归。

岳飞抗金人敬佩，

直杀得金兵连败北。

可恨那卖国宰相狗秦桧，

和老婆东窗设计害岳飞。

我恨他、骂他、想杀他，

只可叹他官高势大，咱太卑微难杀那奸贼！"

崔雨霏的老婆人称女掌柜，

聪明伶俐是女中魁：

"孩儿他爹，那秦桧卖国是败类，

我听说他的王氏夫人和金兀术私通暗相陪。

人心从来有向背，

他害忠良咱可以诅咒他倒霉。

咱不卖丸子汤，用面团捏成王氏和秦桧，

把他俩拧到一起放到锅里用油炸当成晨炊。

对人说这叫油炸桧，

（白）暗比喻就是油炸王氏和秦桧。

卖给人当早点咬碎它、咽进肚里化作粪肥。"

崔雨霏连说："对对对，

这既挣钱又解恨还能够缅怀岳飞！"

这两口子如此这般卖起了油炸桧，

许多人心领神会来捧场互相追随。

小饭店生意红火顾客排长队，

都恨不得将秦桧敲骨吸髓。

到后来"油炸桧"演变成了炸油条，

您吃油条别忘了缅怀岳飞、痛骂秦桧那个卖国贼！

找钱获子（快板书）

垃圾站有人翻垃圾，

看样子是在找东西。

那男的是大学教授安文启，

女的是他的老婆狄美琪。

美琪说："今天这事儿全怨我，

我不该丢弃你那件破旧不堪、多年不穿的军大衣；

没想到那衣袋里装着一万元钱，

我不该没有事先问问你。"

"嗨，我的工资每月都是你领取，

再给我零花钱绰绰有余；

我省吃俭用积少成多，

想给你买个生日礼物表表心迹。

丢弃了，不怨你，

怨我不该瞒着你。

别着急，莫生气，

事情过去就别再提（啦）!"

这时候跑过来一个九岁的小男孩儿，

怀抱着一件破旧的军大衣；

眨着大眼笑着问：

"阿姨，您是不是在找这东西？"

"对，这大衣正是我粗心大意给丢弃。"

狄美琪接过大衣掏衣袋，

哈哈，一万元钱一分不少真惊奇。

她拿出两千元钱给男孩儿，

那男孩儿连连摇手不停息：

"我奶奶说捡到东西要还人，

就是穷死，也不能见财起意当财迷！"

他说罢登登登撒腿就跑，

安文启说："走，咱看看这位老奶奶实在值得咱学习！"

他夫妻跟踪追击到了男孩儿的家，

见老奶奶躺在床上，面黄肌瘦，奄奄一息；

强打精神忙坐起，

说话少气没有力：

"唉，俺小明不幸爹娘早死去，

撇下俺祖孙俩相依为命、受生活煎熬、捡垃圾。

偏偏我又得了病，

撇下小明，眼睁睁孤苦伶仃、无靠无依好惨凄。"

老奶奶，泪如雨，

安教授和老婆低声相商不迟疑：

"俺夫妻，无儿女，

认小明做干儿决不相欺；

供应他上大学为国育才，

马上就送你到医院去就医。"

老奶奶让小明跪地磕头认干爹干妈，

云破天开、阳光普照，一家人欢天喜地甜呀么甜似蜜！

妈妈的遗嘱（快板书）

兄妹仨，跪床前，

静听妈妈说遗言。

"孩子，前些年为给您爹治肝癌，

妈借了你舅舅十万元；

这一次妈治病又借了你舅舅二十万，

咱欠了你舅舅三十万，

记住，我死后您仨要还上这笔钱。"

妈妈说罢闭了眼，

兄妹仨办完丧事就商谈。

大哥说："我家穷得叮当响，

老鼠都逃难往外迁；

咱爸妈生前就偏爱三弟你，

还债的事最好由你承担。"

二妹连说："对对对，

小弟你尚无成家少麻烦。

我嫁出的女，泼出的水，

还账的事和我根本没牵连。"

他俩说罢转身走，

撇下老三无话言。

心里说：爸妈活着您不赡养，

死后欠债您不还。

亲兄妹因此闹翻脸，

让街坊邻居当笑谈。

罢罢罢，我去打工，流血流汗拼命干，

还债不能怕艰难。

你看他咬牙跺脚去了深圳，

拼死拼活干了三年。

节衣缩食攒下三十万，

回家乡见了舅舅就掏钱：

"舅，我妈的遗言今实现，

还账太迟请包涵。"

舅舅点头笑满脸：

"三儿，听我把你妈的遗嘱对你谈。

她生前交给我一张三十万的银行卡，

要求我看您仨谁来还我钱；

这三十万，您仨还账您仨均分，

来俩人就由俩人分完；

一人还账一人享受这三十万，

三儿，你孝顺父母，甘愿吃亏，真是一个好青年！"

他说罢把银行卡递在三儿手里，

小三儿他激动万分泪涟涟；

三十万加上三十万，

老实人娶个老婆不做难。

"妈！你临终还替儿打算，

母亲伟大、伟大母亲、远远超过了圣人先贤！"

婆媳恋（河南坠子）

医院护士林美琴，

下班回家细思忖：

这几天婆婆对我好得很，

一日三餐，让我吃鸡鸭鱼肉鲍鱼海参；

吃水果，喝奶粉，

不让做饭，不让洗衣，不让拖地扫灰尘。

婆婆她是退休教师有学问，

莫非她怀疑我有了外心？

她婆婆，赵云锦，

见美琴进门就笑吟吟：

"快，坐到沙发上别累着，

我给你泡上绿茶碧螺春。

美琴呀，我儿子你老公因跳河救人溺水而亡八年将近，

你公公我丈夫患病去世也五年葬入孤坟。

咱婆媳白天同吃一锅饭，

到夜晚同睡一床共枕衾；

相依为命多亏你孝顺，

咱比那亲生母女还要亲。

我前几天去卫生间倒垃圾，

发现有试纸在垃圾篓里存；

就知道你已经身怀有孕，

美林呀，我知道你已经遇到了知音。

你今年三十二岁如花似锦，

我不能太自私误你青春。

你改嫁我就像嫁女一样，

祝福你能遇上一个知冷知热、疼你爱你的知心人。"

（白）"妈！"

林美琴一头拱在婆婆怀里，

抱着婆婆泪纷纷：

"妈，也是咱婆媳有缘分，

你待我如亲生一往情深。

我本想带你改嫁早脱困，

无奈何如此老公难找寻；

我曾想招赘女婿来咱家，

不料想没人愿意倒插门。

我咬牙跺脚做试管输精怀了身孕，

妈呀妈，我害怕失败才对您隐瞒至今。

七个月后我就会给您生个孙女或者白白胖胖的小孙孙。

我一心生下希望生下明天，

生下寄托生下欢欣，

生下咱婆媳的不解情分，

好让你儿孙绕膝、安享天伦，咱婆媳扎下百年幸福根！"

（白）"真咪？"

（白）"真咪！"

（白）"嗯，能死你啦！"

（白）"妈！"（撒娇神态）

婆媳俩热泪盈眶、相视而笑，咦嘻嘻嘻，啊哈哈哈……

那朗朗笑声直入青云，咿呀嗨嗨，哪呀嗨嗨，那嗨呀嗨咿呀嗨，那嗨呀嗨咿呀嗨。

谁的错（河南坠子）

女工阿姨郑桂兰，

骑车到银行去取钱。

取出钱回家细查看，

啊！咋就多了两万元？

嗯，为人不能昧良心，

这笔钱还给银行理当然。

她汗没擦，气没喘，

骑车子直奔银行柜台前：

"同志，我刚才，来取款，

回到家，发现您错给了钱。"

那柜员三十多岁很老练，

抬头瞪眼不耐烦：

"银行明文有规定，

当面点清，离柜免谈。

你休想，来行骗，

别耽误我工作莫多言。"

（白）"不，我是说……"

（白）"你闭嘴！

你敢故意再捣乱，

我马上直接喊保安!"

郑桂兰好心反而受责难,

只气得摇头跺脚回家园。

心里说;"您刁难,我退款,

到下午我到电视台交款曝光说根源。"

她吃罢饭,刷罢碗,

刚想换件新衣衫;

突然门铃响声不断,

开门看,原来是银行行长还带着四名保安。

那行长趾高气扬板着脸,

气势汹汹好威严:

"郑桂兰,今上午你多领存款整两万,

必须如数快交还;

倘若撒赖敢拖延,

我马上请公安拘留你依法从严。"

郑桂兰心不怯,胆不寒,

昂首挺胸说实言:

"多给钱是银行规矩有破绽,

不容我说话是柜员素质讨人嫌。

我退款,营业厅有摄像头可以查看,

你私入民宅威胁我法不容款。

究竟是谁的错咱到法庭再见,

这两万元我不退随便你耍野蛮!"

银行行长呆若木鸡傻了眼,

站在那儿连连摇头、白眼翻了好几翻……

虎王之死（山东快书）

说深山密林老虎王，

（学虎啸）哞——

大吼一声，吓得鸟兽乱躲藏。

这老虎东瞅瞅、西望望，

从身后跑来一只狼。

这只狼头低垂、尾巴晃，

溜须拍马舌头长：

"大王，花斑豹虽是你朋友，

他品德武艺可比你强；

下次他要是获大奖，

说不定就该你遭殃（啦）。"

虎王闻听心暗想：

嗯，宁得罪十个君子不得罪一个小人，

看起来狼这个小子还有眼光。

"大王，还有你那位猫老师，

教会你蹿山跳涧美名扬；

可就是上树的绝技不教你，

不知他究竟安的啥心肠？

依我说不如把他也除掉，

免得你见了他先喊老师装儿郎。"

这老虎听了狼的话，

发狠咬死了花斑豹，把他的猫老师吃到肚里充了饥肠。

（白）好嘛！

狼见虎把老师朋友全除掉，

嗷一声唤来了饿狼一大帮；

群狼围攻露凶相，

咬的咬、啃的啃，那老虎呜呼哀哉一命亡（啦）。

朋友们，要警惕身边的吃人虎，

更要严防无比歹毒的黑心狼。

黑乌鸦·白母鸡（大调曲子）

乌鸦飞落枝头立，

看见了树下有只白母鸡；

白母鸡刚刚娩过蛋，

（模仿鸡叫）咯咯哒，咯咯咯咯哒……

昂首挺立叫得急。

黑乌鸦，笑嘻嘻：

"嗬，你叫我哥哥挺给力！

不过，小妹妹你长得实在丑，

只知道下蛋没出息；

长了翅膀却飞不起，

看哥哥我展翅只恨云天低。

浑身黑毛有光泽，

树上筑巢有家居。

潇洒引颈高声唱，

韵味悠扬无人及。

小妹妹，不是哥说你，

你想上天除非坐飞机！"

白母鸡闻听摇摇头：

"生命在于活得有意义，

决不在飞得高与低。
我不飞却能媤鸡蛋，
人吃了强身健体大有益。"
"啊呸！"
乌鸦越听越生气，
大骂母鸡傻得出奇。
这时候，突然天降暴风雨，
夹带冰雹来袭击。
白母鸡躲进鸡窝里，
黑乌鸦的鸟巢被雷劈；
它的双翅被冰雹砸伤落在地，
白母鸡出来救它连叹息：
"唉，飞得高，摔得疼，
咋胜我老实媤蛋享安逸！"

父女俩（河南坠子）

唱一位姑娘王丹丹，

刚过罢生日二十三。

欢天喜地回家转，

见他爹坐着正吸烟：

"爹，我找了对象是大款，

有别墅有花园特别高端；

有奔驰轿车还开着五星级大饭店，

从今后我算是一步登上了天。"

他爹闻听眨了眨眼，

吸了口香烟心不安：

"嗯，那他今年多大了？"

王丹丹吞吞吐吐耸了耸肩：

"爹，他……好像、也许、可能大三岁。"

"嗨，大三岁，不算大，

男大三也能抱金砖。"

"不，我是说他比你大三岁。"

啊？！

她爹摇头怒火燃，

扔了香烟白眼翻：

"丹丹，那……我给你叫嫂子吧？
我见他该叫大哥理当然。"
王丹丹羞红了脸，
恨不能找个地缝往里钻！

婚前体检（河南坠子）

大龄姑娘谢文兰，

回到家，见了她妈笑开颜：

"妈，我和二虎领了证，

俺结婚就定在下个星期天。"

她妈闻听心高兴，

说出话来比蜜甜：

"闺女，婚前你俩要体检，

免得以后有怨言。"

"嗨，女儿办事妈放心，

我对他的检查早提前。

新买的婚房已经装修好，

我开的保时捷轿车是他买单；

另有存款六十万，

存款人写的是我谢文兰。"

她妈皱眉又摇头：

"嗯，死丫头你可真让妈心烦。"

"哦，二虎的父母俺不管，

分门另住、各过各的免交谈；

生老病死全不管，

妈，这事儿我想得很周全。"

妈妈越听越生气，

板着面孔眼瞪圆：

"死丫头，我问你体检没体检?"

（白）"妈，俺体检啦。

我刚从医院转回还。

我怀的可是龙凤胎，

仨月啦，一个闺女一个男!"

她妈妈抡巴掌猛扇她的脸：

"呸，你伤风败俗、无礼缺德、少脸没皮，你不知羞惭!"

就说你属牛（三弦书）

明朝富商牛九州，

花钱买官不知羞。

他当县令上任后，

那是贪污受贿往家"搂"。

滚油锅里敢下手，

荞麦皮中能榨油。

他夫人，过生日，

他命人送礼记账收。

他夫人，属鼠的，

他属下送了个纯金老鼠光溜溜。

寿宴结束人散后，

他夫人手捧金鼠乐悠悠：

"嗨，你事先咋不说我属狗，

让他们送我条金狗价更优。"

牛九州含笑忙开口：

"夫人，此事不必多发愁。

我生日就在下月二十六，

我不说属狗就说属猴，让属下送咱个大金猴！"

他夫人头一摇，腰一扭，

连连摆手话语稠：

"不，干脆说你属大象。"

"嗨，属相里没有大象，说属大象没来由。"

"咦，这种事看透也没人敢说透，

你干脆就说你属南阳的大公牛！"

野狼嚎歌唱家（快板书）

说深山老林静悄悄，

突然间听见歌声震九霄：

（模仿狼叫）"嗷！嗷——"

树上的喜鹊吓一跳，

对百灵鸟拍拍翅膀头连摇：

"喂，这家伙原本说评书，

咋唱歌活似野郎嚎？

还扭捏作态不害臊，

听得我浑身发抖、扑扑棱棱直掉毛！"

百灵鸟眨眨眼睛开言道：

"哎，喜鹊姐，祸从口出你要记牢。

这野狼嚎原本野心就不小，

曾与狐狸是故交；

然后就巴结上了虎大王，

也不知狐狸教了他啥阴招。

这一来，他可不得了（啦），

当上了山林的音乐家协会主席挺直了腰。

就好比汽车司机开飞机，

从地上噌噌噌噌……腾云驾雾上了九霄！

他唱那七个音符都变调，

唱京剧惹得那戏迷直骂他姥姥：

（白）'肥猪，您姥姥的腿，你恶心死我吧！'"

喜鹊点头微微笑：

"嗨，我听说音乐家开年会他年年迟到，

做报告照本宣科，读错字并非一遭；

做罢报告扬长去，那范儿摆得魂出窍，

好像是他不食人间烟火、得道成仙、常在那云外飘。

他自认官运亨通，蔑视同道更骄傲，

你看看他吃得脑满肠肥，祸国殃民，那一身膘！"

野狼嚎树下闻听如雷暴跳：

"啊？背后诽谤当心我找借口拿你开刀！"

"哼，你沽名钓誉、口蜜腹剑、两面三刀，我早知晓，

我今天就让你命散魂消！"

你看这老虎大王越说越发心头恼，

扑上前嗷，一口咬死了野狼嚎！

奶奶骂儿（河南坠子）

王奶奶今年七十八，

她拐杖顿地怒火发：

"狗娃呀，你个死狗娃，

你不该让人骂您妈。"

（伴奏）哎，狗娃咬王奶奶啦？

（白）狗娃是王奶奶的儿子，不是狗！

（伴奏）那王奶奶骂狗娃，不就是骂她儿子吗？

（白）对，我唱的就是王奶奶骂儿。

（伴奏）奶奶骂儿，听着有点儿别扭。

（白）王奶奶今年七十八啦，我要叫她大妈，也不合适吧？

这位王奶奶骂狗娃，

狗娃的大名叫王德发。

王德发三岁死了爹，

王奶奶是又当爹来又当妈。

熬寡供儿读书当学霸，

至如今当了教授成专家。

不料想他鬼迷心窍说胡话，

他说道农民不会种庄稼；

只会耕地把种撒，

多亏了种子入土能发芽。

农民懒惰憨又傻，

跟不上时代素质差。

他还说中医不会治疾病，

治病怎能用针扎？

草根树皮难入药，

不是骗子就是人渣！

他的话惹得千人指责万人骂，

只气得王奶奶瞪眼跺脚又咬牙：

"小狗娃你个王八蛋，

你咋忘了您爹种地受欺压？

你咋忘了您妈我种地累得地上爬？

你咋忘了您爷当中医人人夸！"

王奶奶正把儿子骂，

来了村委会主任王桂花：

"奶奶，你儿子被大学开除了，

他再不能往咱眼里刮风沙。"

"唉，都怨我没有把他管教好，

等回头我一拐杖就把他打趴！"

闹银行（河洛大鼓）

银行的营业大厅柜台前，

走过来少妇袁秀兰；

她让人抬来一具女尸体，

满腔悲愤泪涟涟：

"婆婆呀，我今天来取你的存款，

收银员死活不让我取钱；

还说是没有本人来签字，

想要取钱难上难。

我千解释，万求情，

她硬说这是规矩要求严。

我无奈回家抬来你，

婆婆呀，等一会儿还要你刷脸、签字添麻烦。

你虽然寿终正寝闭了眼，

咱也得死守规矩欣欣然。"

收银员是位小姑娘，

见死尸吓得胆战心也寒。

顾客们胆大的远远围观连慨叹，

胆小的拔腿就往门外蹿。

偏偏有行人进门看稀罕，

嗨，营业厅霎时成了乱麻团。

行长闻声来查看，

了解情况问根源；

对袁秀兰鞠躬连道歉：

"同志，俺一定改规矩请您包涵。

请您拿存折马上取款，

把婆婆的尸体抬回家园。"

满天乌云风吹散，

一轮红日照人寰。

老教授训女（河洛大鼓）

老教授，甄显达，

怒视女儿甄碧霞；

颤颤巍巍连摇头，

大发雷霆直咬牙：

"碧霞呀，你……不像话，

好不该数典忘祖、颠倒黑白、无中生有、污蔑咱们大中华。

我从小教你学文化，

做一朵爱国爱党的向阳花。

谁知你留学归来当教授，

课堂上美化日本难自拔。

说什么不要把日本妖魔化，

日本兵没有在南京大屠杀；

说什么打中国是为了共荣东亚，

烧杀抢是为了优胜劣汰、促进发达。"

（白）"对！"

女教授，甄碧霞

想要狡辩先叫了一声爸：

"爸，我还原历史千真不假，

搞研究我眼里从不掺沙。"

"你忘了小鬼子烧咱家不存片瓦，

你爷爷奋勇杀敌留下伤疤；

咱国家派你去公费留学出高价，

想不到你学会了崇洋媚外、指鹿为马、认贼作父、背叛国家。"

"爸，新时代，新看法，

你和我有代沟一点儿不差。"

甄显达险些把肺气炸：

"蠢材，你简直像一只臭嘴乌鸦。

为父我不能跟着你挨骂，

咱父女情一刀两断随风刮。"

他抬手挥臂扇过去，

啪！

一巴掌把甄碧霞给打趴，你看她披头散发、连滚带爬、两眼噙泪花！

花喜鹊（河洛大鼓）

三十岁的果农司马炎，

手指老婆眼瞪圆：

"林红娟，你看看，

那喜鹊窝就在咱樱桃园东面的树上边；

两只喜鹊天天吃樱桃，

别提我心里有多烦。

我一恼上树捅了喜鹊窝，

也免得它让咱樱桃减产赔了钱。"

林红娟，笑满面：

"老公，你的想法不沾弦。

花喜鹊叫得好听、长得也好看，

它喳喳叫，喜事很快到跟前。

它叨樱桃也吃害虫，

咱爱鸟护鸟理当然。"

林红娟说罢转身走，

司马炎摇头上树猛攀缘。

折树枝捅了喜鹊窝，

哎哟哟，刚孵化出壳的幼鸟落地摔死好可怜！

花喜鹊夫妻觅食回来转，

对司马炎联袂合击空中旋；

啄他的头、叨他的脸，

他挥树枝把公喜鹊打死血斑斑；

母喜鹊展翅哀鸣渐去远，

司马炎下树回到樱桃园。

他喝口水、喘口气，

眼望着果园无鸟添笑颜。

这时候，忽听空中喜鹊叫，

抬头看，喜鹊列阵、成千上万，密密麻麻遮蓝天；

哎呀呀，不好了，

它们飞上枝头吃樱桃，还扑棱棱棱棱、扑棱棱棱棱、扑扑棱

棱唱得欢。

只吓得司马炎喊不敢喊、撵不敢撵，

娘啊娘，眼睁睁樱桃要玩儿完。

这时候，林红娟买回来一部太阳能消音驱鸟器，

安装好，那花喜鹊霎时间全都飞离了樱桃园。

司马炎问清缘由连道歉，

林红娟那感觉比吃了熟透的樱桃还酸还醉还香甜！

老鼠咬猫（河南坠子）

我老婆，乔春苗，

养了一只波斯猫。

这只猫身长体矫健，

遍体白毛浑身膘；

脑袋小，尾巴翘，

眼珠黄，双耳俏；

胡子长长好美妙，

四肢灵活爱撒娇。

您不知我老婆对它有多好，

天天喂鱼让它吃鲜桃。

吃饭让它坐餐桌，

吃啥任它随便挑。

它吃饱还得我给它洗澡，

它睡觉我老婆抱在怀里搂着腰。

好可怜我睡沙发无人晓，

更可恼它偏偏叫春直乱嚎：

(学猫叫春)"喵，喵，喵喵——"

我既想哭，又想笑，

哎哟哟，这日子实在太难熬！

不料想跑俺家一只大老鼠，

这老鼠牙尖嘴利性情刁；

啃被子，咬棉袄，

还想吃肉，拿我的脚丫当目标。

我老婆让猫逮老鼠，

谁知道猫见老鼠成了草包；

浑身发抖魂出窍，

那老鼠见猫一蹦大高猛发飙；

跳上猫头张口咬，

把猫鼻子咬掉就想逃。

我上前踩死老鼠微微笑，

我老婆痛定思痛，直骂她的波斯猫。

术业有专攻（山东快书）

夫妻俩，开饭店，

三间门面挺美观；

老公后厨掌大勺，

胡美莲在店内充当服务员。

瞧，店外来了个男子汉，

高个子光头肩膀宽；

在二号餐桌落了坐，

说话像扔半头砖：

"你店里有没有鸡蛋鸭蛋和鹅蛋？

弄一块儿，炒个混蛋我要尝尝鲜！"

"好好好，有有有，

请稍等，我给您泡茶往桌上端。"

胡美莲说罢对着后厨大声喊：

"喂，二号桌来个大混蛋！"

咦，那光头气得七窍乱冒烟：

"啥？你敢骂人真讨厌，

当心我用巴掌往你脸上扇。

那混蛋我不要了，

换成那红烧猪头肉一盘。"

胡美莲没经过专业训练，

对后厨喊话全跑偏：

"哎，那个混蛋不要了，

猪头改要……阿嚏！改……红烧猪头肉解馋。"

那光头气得直打战，

俩眼瞪得滴溜圆：

"哼，我要清蒸大王八，

拿两瓶青岛啤酒莫迟延。"

"好咪，那个猪头也不要啦，

大王八要啤酒他……攥着双拳！"

（白）"我不吃啦！"

那光头怒气冲冲出门走，

胡美莲莫名其妙心茫然：

"王八不要了，王八再见！"

她不知术业有专攻惹人笑谈！

炒鱿鱼（安徽琴书）

总经理，万天锡，

带着秘书上电梯；

女秘书，辛可熙，

姿容靓丽、举止端方，年龄不过二十七。

电梯里，人拥挤，

就像那罐头里边腌的鱼。

万天锡忽然放了个屁，

那是臭气熏天挺出奇。

惹得众人翻白眼，

目光里全是厌恶和鄙夷。

万天锡自觉形秽装从容，

目光斜视辛可熙；

好像说你咋如此失礼仪，

放屁也不选时机。

辛可熙察觉不对劲儿，

不想受无妄之灾，替人顶罪气又急。

她急中生智，抬手在鼻子前面晃了晃，

皱眉摇头神色怪异。

这模样真胜过千言万语，

分明是辨明是非大反击。
到十楼电梯门开人散尽，
万天锡怒视秘书发脾气：
"屁大点事你都不担责，
真让我失望难相依。"
"哼，屁大点事你都想嫁祸给我，
我不干啦，我现在就替你炒我的鱿鱼。"
辛可熙转向电梯拂袖而去，
只剩下万天锡呆若木鸡、摇头叹息。

我是你爹（山东快书）

美丽少妇薛白洁，

去看她姨妈到东街；

半路上转向回家去查岗，

进家门就看见她老公拿手机通话情切切：

"喂，今天晚上你等我，

咱一定不让金樽空对月。

啊？喝醉了我就和你睡一起，

谈谈心，除去胸中千千结。"

薛白洁越听越恼火，

冲进屋夺过手机语气冰冷话如铁：

"说！通话的女人她是谁？

你啥时候开始跟她搞破鞋？"

诸位，她老公，谢文学，

冷不防见这阵势心胆怯：

"这……他……是男的。"

"哼，不怕你撒赖瞪眼嘴巴噘。

手机没挂好了解，

我现在就让那女人马上接。"

不料想对方先答话：

"喂，我可真是你亲爹!"

（白）"咦，我是您爷!"

（白）"傻妞，我真是您爹!"

（白）"我是您姑奶奶……"

谢文学急得皱眉嘴一咧，

差一点没有流鼻血：

"你爹他打电话叫我去喝酒，

想劝我别和你怄气吵架要和谐。

谁知你疑神疑鬼乱猜疑，

不问清楚就骂您爹!"

手机里她爹也在骂白洁：

"傻妞，再多疑当心我把你的腿打瘸!"

说酒（快板书）

说古代东庄大老王，

用水缸装了半缸红高粱。

不料想下雨屋漏又滴进了半缸水，

嚯，发酵后散发出的气味特别香。

大老王当夜做了一个梦，

他梦见一个白胡子仙人很慈祥，

对他说："你三天内要找三个陌生人，

请他们各滴一滴鲜血进水缸；

只要你，能照办，

别管啦，这缸水就能变成玉液琼浆。"

大老王梦醒真的照办了，

第一天到村头遇到个秀才心善良；

第二天到村头遇到个武将情豪爽；

第三天傍晚时遇到个疯子乱逞强；

这仨人分别往水缸里滴了一滴血，

哇！水缸里酒香四溢非寻常！

拿水瓢舀起一瓢酒，

喝到嘴里细品尝：

嗯，神魂颠倒心花放，

唇齿留香暖肝肠。

从此后红白事都要摆酒宴，

人品诗品酒中藏。

初端酒杯是秀才模样，

文质彬彬举止端庄；

喝着喝着就变成了武将，

云天雾地要癫狂；

要是喝醉就像疯子，

哭天喊地、信口雌黄、洋相百出、晕头转向，还爱逞强！

酒乱性，人狂妄，

君不闻李白醉酒为捞月亮命丧长江。

八哥与小白兔（三弦书）

八哥是《森林报》记者兼编副刊，

来采访白兔先生笑开颜：

"白先生，听说你全国赛诗获大奖，

红遍了长城内外、大江南北和中原。

还为咱动物协会捐过款，

都夸你是大有作为的好青年。"

小白兔抿抿胡须笑眯了眼，

小溪边舀水往桌上端：

"嗨，对森林我也没有啥贡献，

赛诗获奖只等闲。

我准备好好学习写散文，

你再来采访咱不空谈。"

八哥说："先生，

如今是信息时代亮人眼，

纸质媒体生存难；

不过，《森林报》在动物世界有权威，

因此上我来写稿你出钱。"

（白）"我想上报得掏钱？"

（白）"对，一般要出十万元。"

（白）"像我这只发个消息哪?"
"嗨，咱俩相识多少年，
论关系，你最少要拿五万元。"
兔爷闻听气红了眼：
"我呸！老虎王要是放个屁，
你能说成重要任务吹半天；
您兔爷我虽然获了大奖，
不想登报你也别要钱。
依我看《森林报》早晚得完蛋，
溜须拍马的记者也得翻船!"

人与狗（道情）

儿媳妇，牛清秋，

瞪着眼怒视婆婆李二妞；

银牙咬，眉头皱，

啪！放下筷子大声吼：

"你老不死的还想吃肉，

死去吧，我看见你就想反胃吐又呕。"

她吓得婆婆直发抖，

嘴唇颤颤泪水流。

诸位，她家只有人三口，

儿子打工去了广州；

撇下婆媳相厮守，

她两个互相嫌弃如有仇。

这一天，儿媳让婆婆给洗连衣裙，

要用手洗轻搓揉；

李二妞用力过大把裙子给弄皱，

还搓出个窟窿像乒乓球。

牛清秋一见气得够受，

嘟囔着去到厨房蒸馒头；

还凉调一盘白莲藕，

红烧了一盘大肉直流油。
李二妞牙疼不敢吃莲藕，
就拿筷子夹肉没抬头。
牛清秋怒气冲冲瞪眼瞅，
心里说：咋没有馋死你个蠢猪笨牛！
李二妞二次夹肉又伸手，
牛清秋拿筷子就朝她手上抽：
"你洗坏衣服还想吃肉，
实在是少脸没皮的老泥鳅。"
她说着就把肉盘摔地上，
"哼，馋死你，也休想吃肉啃骨头！"
他们家原本喂了一条狗，
正围着餐桌乱转悠。
只因为这狗是婆婆天天喂，
见婆婆挨骂它怒不休；
恶狠狠咬下了牛清秋腿上一块肉，
疼得她龇牙咧嘴血泪流！

黑乌鸦·白天鹅（河南坠子）

小河穿越大森林，

森林里有个乌鸦群。

黑乌鸦，成千万，

飞来飞去遮行云。

小河边飞来一只白天鹅，

戏水捕鱼喜欢人。

黑乌鸦那是羡慕嫉妒恨，

破口大骂喊出唇：

"快看这只呆头鹅，

浑身白毛难找寻；

细腿长颈大嘴巴，

秃尾巴活像一只丑鹌鹑！"

乌鸦王闻听哇哇叫：

"嗨，傻瓜变态冒充飞禽。

张嘴叼鱼模样笨，

洗澡淹死那叫蠢。

空长一个傻大个儿，

哪胜咱能唱出中国好声音！"

众乌鸦点头乱展翅，

齐声合唱亮嗓门：

（唱歌）"白天鹅是丑八怪，

天生变态种不纯。

惹人讨厌难容忍，

我的小丑哇，

俺不欢迎你光临。"

（转坠子）白天鹅闻听心气愤，

引颈高歌如鸣琴；

惊得那黑乌鸦连打寒噤，

你看那白天鹅展翅高飞直上青云！

查岗（河南坠子）

王珊珊出差临行前，

交代老公沈平南：

"我走后你可别肆无忌惮，

莫拈花惹草去找女人玩。"

沈平南连连点头说："不敢，不敢……

你放心，我不是酒鬼色鬼负心男。"

王珊珊含笑出门走，

沈平南朝她的背影吐了一口痰：

"呸！母老虎真让人讨厌，

管得我难近酒色心里烦。"

你看他去找朋友打麻将，

还打算花天酒地、玩他个彻夜不眠。

不料想王珊珊半夜里电话查岗，

沈平南的手机铃声响得欢；

他一看是他的老婆来电，

急慌忙跑到了卫生间：

"珊珊，半夜了你咋还没睡？"

"哦，公务事情先免谈。

你快看看我的枕头下，

有没有我放的一百元钱?"

沈平南知道珊珊在查岗,

转眼生心说谎言:

"咦,那一百元钱我早发现。"

"嗯,那你把钱上的编号给念念。"

"嗨,那张钱被我花掉了,

到小卖部买了一包中华烟。"

王珊珊听罢变了脸,

吼声如雷眼瞪圆:

"沈平南你个王八蛋,

枕头下我根本没放钱;

快交代你现在在干啥?

再抗拒,我回家时定从严。"

沈平南无奈何闭眼摇头、仰天长叹:

"唉,想对付女人简直比登天还难!"

防不胜防（快板书）

说在城里上中学的潘平安，

趁暑假回乡镇见他妈妈刘秀娟。

他妈妈在镇上开店卖馒头，

潘平安见馒头又大又白还又暄。

（白）暄就是松软的意思。

潘平安拿起馒头就想吃，

他妈妈一见忙阻拦：

"孩子，这馒头加了增白剂，

添加剂也在里边掺；

吃了它对身体有害没有益，

千万别对外人谈。

你饿了快去隔壁买包子，

给，这是钞票一百元。"

潘平安接过钞票到隔壁，

就听见马老伯正训女儿马承欢：

"傻闺女，咱这包子不能吃，

全都是死猪肉馅儿里边填；

除掺的还有地沟油，

吃多了肚子就会不舒坦。

你饥了快去对面吃饺子，

给，这是钞票一百元。"

潘平安、马承欢他俩是同学，

手拉手，登登登，过马路就往对面蹿。

饺子馆的老板是潘平安的二姨妈，

正给儿子做密谈：

"小虎，咱这饺子不好吃，

有化学成分里边掺；

你饿了快去对面买馒头，

给，这是钞票一百元。"

潘平安、马承欢闻听互相瞪一眼：

嗨，这怎么转了一圈儿又还原？

难道商家都掺假？

难道说他们眼里只有钱？

早听说顾客们上当受骗，

这真是防不胜防、情何以堪、让人心寒！

女赌徒（大调曲子）

苏太初，气呼呼，

火冒三丈出气粗：

"奶奶，吴秀珠呀吴秀珠，

你简直就是一头猪。

眼看看到了深夜下一点，

你为什么还不回屋？

我遇见你这破娘儿们，

比倒了八辈子血霉还邪乎。

自从娶你到我家，

你是吃坐穿，从来不说做家务，倒了油瓶都不扶！

成天聚众打麻将，

赌钱不赢光会输。

没钱了就伸手给我要，

不给你，你腻腻歪歪、死缠活缠、撒娇耍赖放声哭。

咱好容易生了个小宝宝，

那真是善财童子见了都自叹不如。

不料想孩子没满月你就去赌，

丢孩子在家被猪啃得血呼呼（哇）。

你却说想要宝宝咱再生，

我打牌你可不要掂凉壶。
哼，我一恼咱吹灯拔蜡去离婚，
打光棍也不要你这女赌徒！"
苏太初忍气吞声熄了灯，
躺在床上难入梦乡打呼噜。
这时候，大门响，人影晃，
轻轻走进吴秀珠。
这娘儿们走进客厅停住脚步，
心里说：
（白）回来晚了，
老公他又要发火耍嘟噜。
我干脆把衣服先脱光，
进卧室就钻进被窝，让他惊喜又舒服。
你看她浑身衣服全脱光，
裸体走进卧室屋。
没想到苏太初伸手开了灯，
睁眼一看直惊呼：
"啊，你再输也不能连裤头都输了，
丢死人了，你竟然输成了光屁股！"

酒鬼品酒（快板书）

说酒厂招聘品酒师，

董事长亲自面试难徇私。

女秘书，当主持，

按号品酒决雄雌。

有个酒鬼司曲池，

品酒简直无闪失。

无论白酒是啥牌儿，

他略微品尝就晓知；

能说出啥品牌、啥度数、啥特点、啥品质，

只说得准确无误无瑕疵。

绝技是只用鼻子闻，

根本连嘴唇都不湿。

酒到嘴边能报价，

反应敏捷无延迟。

他过五关，斩六将，

很快就出类拔萃显英姿。

董事长暗暗给秘书递眼色，

女秘书心领神会巧掩饰；

悄悄到洗手间里去小便，

接了一酒杯让那酒鬼吃。

司曲池接过酒杯闻了闻，

皱着眉，龇牙咧嘴有意思：

"嗯，这是二十八岁女人尿的尿，

我断定她已经怀孕仨月另七日。"

董事长闻听傻了眼，

女秘书目瞪口呆无了词。

司曲池瞪大了眼珠子，

梗脖子高喊很爽直：

"我要说出女秘书肚里的孩子他爹是哪个，

不怕您狡辩起争执。"

董事长拍案起身做决定：

（白）"住口，别说啦。

我决定请你来当品酒师！"

嗨！

苏轼趣闻（河南坠子）

宋朝张先善辞章，

行为浪漫性乖张。

他年过八十身健壮，

娶了个小妾是十八岁的小姑娘。

这一天月上柳梢风送爽，

他设宴请朋友赏月在花园荷花池旁。

还特意让小妾陪酒心花放，

他举杯吟诗声悠扬：

（朗诵）"咳！我年八十卿十八，卿是红颜我白发。与卿颠倒本同庚，只隔中
　　　间一花甲。"

宾客们点头齐鼓掌，

唯有苏轼笑举觞。

朋友们，苏轼就是苏东坡，

那是诗词魁首、文章大家美名扬。

他风趣幽默性情豪放，

逢场作戏、出口成章世无双。

你看他起身笑饮一杯酒，

即兴吟诗不思量：

"十八新娘八十郎，

苍苍白发对红妆。

鸳鸯被里成双夜，

一树梨花压海棠。

（白）哈哈，见笑见笑。"

（白）诸位，苏东坡诗里的一树梨花，比喻张先满头白发；海棠，比喻他那
十八的红颜小妾。用现代的话说：就是嘲讽张先老牛吃嫩草！只不过
人家苏东坡满腹经纶，吟出的诗句相当文雅罢了。

众宾朋笑声掌声如雷响，

只羞得张先的老脸无处躲藏。

爬灰的由来（河南坠子）

烈日炎炎七月天，

黄学士正在书房写诗篇。

他思如泉涌汗满脸，

感到口渴直冒烟。

这时候脚步声响房门闪，

走进来他的儿媳带笑颜；

双手捧着茶一盏，

轻轻放在桌案上边：

（白）"请公爹用茶！"

这声音娇柔又婉转，

比莺啼凤鸣都清脆，像飞瀑流泉，和玉液琼浆一样香甜。

黄学士抬头睁大了眼，

见儿媳粉面桃腮赛天仙；

身着纱裙肌肤如雪，

含情脉脉、轻轻盈盈、羞羞答答，手指头轻点桃腮装腼腆。

他儿媳原本倾慕黄学士，

因此才和他的儿子结良缘。

不料想他儿子游手好闲不正干，

终日里在外游荡，夜不归宿令人烦。

偏遇着黄学士中年丧妻心闷倦，

儿媳她爱怜公公情绵绵。

黄学士情欲霎时被点燃，

满脑子心猿意马起波澜；

猛想起礼仪道德不能乱，

安定心神害羞惭；

低头看灰尘满桌案，

以手指写字说真言；

他写的是：青纱帐里一琵琶，

纵有阳春不敢弹。

儿媳眼见难如愿，

也写了两句很坦然；

她写的是：假如公公弹一曲，

肥水不流外人田。

你说说咋那么巧、那么妙，

黄学士的儿子恰巧回家园：

（白）"爸，你在干啥呀？"

黄学士把宽大的衣袖这么一挥展，

将桌案上的字迹全擦干。

（白）"我……在爬灰呀。"

您说说：桌案上的字迹全都不见（啦），

这爬灰的事儿咋一直在流传？

自找难堪（山东快书）

说家庭主妇萧大嫂，

清早到菜市场上买辣椒。

过马路走上人行道，

哟，捡到一个黑皮包。

拉开皮包仔细看，

见一张驾驶证就急忙往外掏；

那上边印着司机的手机号，

还印着司机名叫曹大燊。

皮包里还有只金灿灿、黄澄澄、明晃晃的金手镯，

乖乖！新崭崭地放着光毫。

萧大嫂急着去买菜，

就取手机打电话给派出所民警乔千娇。

（白）她两认识。

说了司机的姓名、手机号，

然后就买菜做饭忙操劳（啦）。

吃过饭直奔派出所，

巧啦，乔千娇恰好找来曹大燊。

曹大燊接过皮包没道谢，

反大惊小怪冷眼瞧：

"哎，皮包里还有现金五千元，

怎么空空如也不见了?”
萧大嫂说:“我捡时皮包里就没钱。”
曹大獒说:“有五千现金不差分毫。”
(白)“真没有!”“绝对有!”“绝对没有!”“就是真有!”
两个人反目成仇又吵又闹,
把好事儿弄成了一团糟。
乔千娇明知道曹大獒想讹诈萧大嫂,
却找不到证据难开交。
萧大嫂眼一眨顿时开窍,
故作猛醒头连摇:
“唉,糊涂了,我真糊涂了,
那金手镯是我的我记得牢。
都怨我发高烧心情烦躁,
来这儿时才顺手装进了皮包。
您不信我捡皮包那儿安装着摄像头,
咱可以调出录像细观瞧。”
曹大獒一时不知说啥好,
乔千娇调来录像连放了两遭;
很明显萧大嫂捡皮包、拉皮包,并没有看到金手镯,
嗨,只因为她当时没把手镯往外掏。
萧大嫂拿起手镯晃了晃,
笑脸好似花含苞:
“哈哈,你自己挖坑往里跳,
想讹我你自找难堪坏心白操。
金手镯本是你的还归你,
你恩将仇报的恶习可必须连根刨!”
曹大獒接过手镯又羞又臊,
唰,满头大汗似水浇;
啪啪,照脸上连扇两耳光:
“哎,我不是人,真该挨刀!”

丧尽天良（河南坠子）

女土豪，吴银莲，

她女儿名叫周美璇；

周美璇打工去北京，

谈了个对象叫赵全。

赵全父母早去世，

撇下赵全离家园。

他两个决心落户美璇家，

吴银莲喜从天降开心颜；

不料想赵全的手续先办好，

周美璇因合同没到期还要在北京等一年。

吴银莲对未来的女婿格外亲，

托人说情让赵全到乡镇企业去上班；

还给他买了一辆小轿车，

给他做饭洗衣衫。

吴银莲老公病故了八年整，

她四十三岁却肤白貌美、如花似玉活像二十三。

和赵全日久生情心错乱，

丈母娘和女婿私通暗缠绵。

白天吃的一锅饭，

到夜里同床共枕眠。

不料想周美璇夜半回家转，

发现了母亲的私情苦难言。

赵全羞愧难分辩，

周美璇悲泪如雨、紧咬牙关、捶胸顿足、心如箭穿。

吴银莲假意认错婉言相劝，

给女儿去做饭，暗把农药碗中掺；

周美璇吃饭中毒死，

赵全他肝肠寸断泪如涌泉。

吴银莲假装悲伤哭又喊：

"哎哟哟，我的地，我的天，我的女儿你死得惨（哪）。

女儿女儿你睁睁眼，

你一死撇下妈妈我真可怜！"

（白）我呸！

常言说虎毒不食子，

你淫荡成性、毒害亲生、丧尽天良、毒辣阴险，装哭也枉然。

到后来公安干警破了案，

吴银莲被判死刑，赵全也入铁窗坐了监。

感恩以报（山东快书）

说放羊人，大老齐，

暴跳如雷动了杀机；

手指着他宠爱的牧羊犬，

边骂边用脚狠踢：

"你呀你，你个窝囊废，

我打死你个狗东西。

我成天让你吃肉啃骨头，

为的是让你保羊群安全抗强敌。

谁知你两夜被狼叼走三只羊，

你今天就到了死期！"

他说着恼，带着怒，

掂刀杀狗后剥皮。

炖了狗肉趁热吃，

晒干狗皮做皮衣；

给一头雄健的公羊穿上去，

哈哈，让它当狗还挺新奇。

谁知这公羊官升脾气长，

欺负群羊着了迷：

它带着群羊去草场，

小羊羔走得慢了它怒不息；

跑上前去用角抵……

（白）"那狗有角吗？""嗨，羊披狗皮角还在呀。"

把小羊羔抵了个嘴啃泥：

（模仿羊羔哭）咩，咩……

（白）好可怜哪。

到了草场羊吃草，

见羊吃青草它着急；

把群羊赶到一边去，

它慢悠悠吃着、啃着挺安逸。

抬头看，有一只母羊好漂亮，

浑身雪白、膘肥健美、温顺可爱，实在珍奇。

它兴致勃勃去调戏，

耍流氓、还想往它身上骑。

这只母羊发了火，

冲上去，低头猛抵不迟疑；

冷不防把它抵倒在地，

踩住它的脖颈扬前蹄：

"说，你为啥变得如此狠毒？"

"我……

我总想对得起主人给我的这张皮！"

（白）真走狗哇。

黄狗救主（河南坠子）

山林夜半风飕飕，

暴雨倾盆雷怒吼。

山下瓦屋破又旧，

住着老汉周立秋。

他儿子儿媳去打工，

撇下个九岁的小妞妞；

祖孙俩喂了一只大黄狗，

这黄狗猛扑到老汉的床头狂叫不休：

（学狗叫）汪，汪汪！汪汪汪！

老汉惊醒后，手摸黄狗头：

"傻狗叫啥哝？再叫可挨抽。"

谁知狗张口，咬住被子猛甩头，

被子扯下床，老汉光溜溜。

（狗急叫）"汪汪，汪汪汪！"

（白）"这死狗！"

周立秋，双眉皱；穿衣服，用眼瞅；

大黄狗，轰不走；咬裤腿，死不丢。

拉住他，头一扭，去东间，找妞妞。

周立秋，看不透；嘟嘟囔囔话语稠：

"你这死狗乱掣肘，
深更半夜要啥猴？
你忘了你当初掉到河里淹得够受，
多亏我救你出激流；
我见你后腿流血露着肉，
为你疗伤去采草药爬山丘。
治好伤，你不走，
养你在家，吃喝不用你发愁。
你别看我对你宠爱又宽厚，
再胡闹，我拿棍子揍你情不留。"
这大黄狗不听老汉念的紧箍咒，
用嘴直拱妞妞的头。
妞妞穿衣起床后，
大黄狗叼住她的衣袖，拉出屋门，那叫真牛。
周老汉紧随于后，无奈屈就，
冒着风雨，爬上一块大石头。
大黄狗想起自己的四只小狗仔，
猛转身飞奔进屋不停留。
这时候电闪雷鸣风雨骤，
呼通通，山上滚落泥石流；
房倒屋塌掩埋了狗，
（男声）"大黄！"
（女声）"大黄——"
从此后这故事就到处传流！

父爱如山（山东快书）

说退休工人张怀安，

原来是八级技工，技术精湛红又专。

退休后回到乡下老家，

老伴儿死后，就他一人多孤单。

他儿子工作在市内，

给他买了个冰箱送回还。

顺便想要钱十五万，

他吹胡子瞪眼只给儿子五百元；

五百元也得打借条；

借条上还得写明半年以后准时还。

（白）这也太抠门儿了吧？

她女儿婆家住城关，

她婆婆患肝癌住院来借钱。

他对女儿直瞪眼：

"去！肝癌晚期还治啥？趁早别花冤枉钱。

料理后事赶早不赶晚，

回去吧，慢一步她就进了鬼门关（啦）。"

（白）还真让他说准啦。

张怀安独自一人过营生，

退休金每月超八千。

可是他不舍得吃、不舍得穿，

不喝酒，不吸烟，

调个凉菜加点儿醋，他嫌太酸。

一日三餐，粗茶淡饭，

到夜晚电灯从不摁开关。

（白）省电呐。

三伏天，没空调也不开电扇，

三九天，没暖气宁愿挨冻受熬煎。

他女儿劝他找个老伴儿照顾他，

他白眼翻了好几翻：

"哼，我自己自由自在成习惯，

你休想找人管我惹我烦。"

他女儿替他生好煤气炉，

转身骑车回家园。

乡亲们三天没见他的面，

开门看，啊？他煤气中毒早已经魂归离恨天（啦）。

儿女们闻讯来给他办丧事，

都说他这辈子活得太寒酸。

儿女们清理遗物才发现，

床头柜里有个木匣锁得挺严；

撬开锁打开木匣仔细看，

见两张银行卡放在里边；

还有张小纸条拿起细念，

我的儿和闺女细听我言：

"两张卡各有存款四十万，

您兄妹各拿一张不许起争端，

卡上的密码是我的生日，

要记清楚别外传。

您兄妹可卖了老屋宅院，

所得收入各分一半不许纠缠。

老爸我一辈子克勤克俭，

别嫌我对您兄妹要求太严。

您要做张家的好儿女，

把咱这好家风世代相传。"

霎时间满天乌云风吹散，

儿女们悲泪如雨，深深感到父爱如山！

李时珍治病（鼓儿哼）

李时珍悬壶济世走千村，
遇见个小伙儿叫石少军。
石少军拱手施礼语恭顺：
"郎中，久闻您妙手能回春。
我爷爷病重茶饭难进，
恳请您施治大驾光临。"
"哦，你家住在哪里？
你爷爷是什么人？"
"郎中，俺家住在石家峪，
我爷爷叫石同寅。
他中过秀才有学问，
家财万贯仆人成群。
他今年九十八岁身体康健、耳聪目明、雪染双鬓，
半月前忽然中风，躺在床上，痛苦呻吟。
三天前闭着眼滴水不进，
眼睁睁气若游丝欲断魂。"
李时珍听罢心中有数，
转眼间就进了石家大门。
他吩咐石家人坐在客厅，

听到了病人喊叫也不要查问原因。

他自己背药箱进了病房，

见病人躺在床上不睁二目紧闭双唇。

他放下药箱坐在床边伸手把脉，

而后起身笑吟吟：

"恭喜老先生，贺喜老先生，

你有喜事要降临。"

石同寅闻听睁开了眼，

目光迷茫头昏沉。

"老先生，恭喜你怀了身孕，

三天后就会生一个白胖小子，我来给你报佳音！"

石同寅越听越气愤，

哇！张开嘴满口鲜血往外喷。

李时珍知道他看见了家中丑事，

不便明言，气滞血瘀，堵塞于心。

故意地惹得他气上加气：

"老先生，家门不幸你不如打掉门牙含血吞！"

（白）"你……给我滚！"

石同寅连连吐鲜血，

李时珍含笑出屋门：

"少军，你爷爷的大病已痊愈，

要让他喝茶吃饭先别动荤。"

李时珍背着药箱转身走。

"郎中，给您诊金我感恩！"

"嗨，举手之劳，救人为本，

没费分文，我不收分文。"

石同寅果然病愈不再郁闷，

从此后神医李时珍的美名天下闻！

退婚（鼓儿哼）

女大学生赵文澜，

还有她妈金玉环；

正忙着准备订婚宴，

款待文澜的准婆婆和准女婿秦慕贤。

秦慕贤研究生毕业有才干，

在外企当主管，风流倜傥、有权有钱。

金玉环索要彩礼二十万，

秦慕贤拿出五十万，还买了别墅、豪车、金银首饰、名贵玉器不非凡。

亲家母，初相见，

亲亲热热、客客气气、絮絮叨叨，家长里短说个没完。

秦慕贤无聊品茶心闷倦，

就独自出门，想随便转转寻悠闲。

如今农村如画卷，

青山绿水映蓝天。

哟，山道上有位老奶奶，

拉板车上坡腰累弯。

满车干柴满头汗，

车轮停滞难向前。

秦慕贤跑步近前帮推车，

车到坡顶一溜烟。

老奶奶，停身站，

擦把汗水笑开言：

"多谢小哥你帮忙，

不愧是个好儿男！"

秦慕贤还没开口问，

随后跑来赵文澜：

"嗨，亲爱的，别理她，

你看她又脏又臭惹人烦。

她虽说是我亲奶奶，

我妈妈早赶她离家住在菜地茅草庵。"

秦慕贤闻听双眉皱，

随后赶来金玉环：

"慕贤呐，妈的好女婿，

别听这臭老太婆胡纠缠。

她的死活你别管，

去死吧，你喝农药也没人阻拦。"

她说罢手拉慕贤回家转，

秦慕贤板起面孔侃侃而谈：

"赵文澜，亏你还是大学毕业生，

不孝顺奶奶你有何面目立人前？

咱结婚你不可能孝顺公婆，

因此上这订婚宴就算你最后的晚餐。

所有的订婚彩礼我收回，

订婚宴由我买单我出钱。

拜拜！"

她说罢，请母亲起身、他驱车扬长走，

剩下了金玉环、赵文澜母女呆若木鸡半晌无言。

自取其辱（河南坠子）

魏珊珊，韩文鸳，

租房同住少负担；

闺密如同亲姐妹，

租住的是两室一厅，还有厨房卫生间。

各自做饭各自吃，

每天一起上下班。

这一天，魏珊珊发现提包里少了钱，

查了查，整整少了一千元。

外人根本没来过，

她暗暗怀疑韩文鸳。

贸然询问、惹出麻烦，

两人吵架把脸翻。

魏珊珊悔恨在心怒火燃，

暗暗地找到同乡潘小栓；

如此这般说一遍，

要潘小栓深夜去强奸韩文鸳。

她说她愿意证明无此事，

这罪过潘小栓不必承担。

将房门钥匙给了他，

还悄悄塞给他二百元钱。

不料想韩文鸳半夜肚子疼，

到医院急诊，患了急性阑尾炎。

潘小栓如约而至开门进了屋，

心慌意乱，该往左，他却进了右手房间。

黑暗中脱衣服钻进被窝，

饿虎扑食强奸了魏珊珊。

魏珊珊想喊叫为时已晚，

魏小栓刀出鞘箭离弦，春风已度玉门关。

魏珊珊自取其辱，咬碎牙齿肚里咽，

潘小栓急匆匆穿上衣服忙逃窜。

魏珊珊越想越气，去派出所报了案，

到头来水落石出、真相大白，无人不笑骂魏珊珊。

自取其辱（河南坠子）

轧狗风波（三弦书）

乡村公路穿街而过侯家沟，

有一辆轿车开得慢悠悠；

只因为路上跑着一群狗，

撒欢嬉闹惹人愁。

（学狗咬架）汪！汪汪，汪汪……

轿车司机周大有，

分外小心、驾着车子慢慢溜；

咚，还是撞住一条狗，

把那黄狗撞了一个大跟头。

只见黄狗打了个滚儿，

站起来就跑，嚎叫不休。

（学狗叫、当然可以播放录音）汪——汪……

这时候跑过来一女二男三个人，

那女的是治保主任侯黑妞；

两个男的是治安队员，

三个人上前拦住车，周大有下车道歉笑意稠：

（赔笑）"嘿嘿，嘿嘿嘿……

我有错，我道歉，

我有烟敬请诸位抽！"

侯黑妞冷笑一声吓得人直发抖：

"哼，告诉你，狗的主人可是侯九洲。

侯村委会主任那可是富甲一方称魁首，

他的狗可比二郎神的哮天犬还胜一筹。

你撞伤它要赔款十万元，

少一分让你伤筋动骨鲜血流！"

周大有胆战心惊双眉皱：

"我……只有两千元钱，请您收下免追究（吧）。"

侯黑妞，一声吼：

'打！打死这个穷鬼傻斑鸠、癞肚蛤蟆滑泥鳅！'

那两个治安队员刚要想动手，

跑来了主任侯自修。

他气冲冲一撸胳膊挽衣袖，

啪啪啪，照周大有脸上搁劲抽：

"你他妈敢轧伤老子的狗，

老子我要你抵命把魂丢。

打，打死他咱然后去喝酒，

到镇上最高级的醉仙楼！"

那两个治安队员齐动手，

对周大有拳打脚踢还把头发揪。

这时候，从轿车上下来乡长柳春秀，

话若冰霜冷飕飕：

"侯自修，侯黑妞，

你们仗势欺人愣充牛；

百姓举报我来查访，

这件事要一查到底严追究！"

说话间警车来把侯自修四人全带走，

围观者的掌声响彻了侯家沟。

打赌（三弦书）

胡村有个小卖部，

店主是年轻寡妇苏秀姑。

这一天她正在店中坐，

来了光棍儿胡丙禄。

你看他大摇大摆进店来，

笑说要买个喝茶的紫砂壶；

掏出来万元大钞柜台上放，

故意地打个响指挺胸脯。

苏秀姑平时和他开玩笑，

假装着起身瞪眼连惊呼：

"哟，你咋把一辈子的积蓄全拿来了？

等回头，您妈她准得骂你是蠢猪！"

"嗨，你不要隔门缝儿把人看扁，

我现在有钱出气粗。

你不信咱俩可以打个赌……"

（白）"啥，你想和我打赌？"

（白）"对，你说你敢不敢吧？"

（白）"咦，谁怕谁呀！你说咋赌吧？"

"咱就赌你的大屁股。"

"我呸！你少给我耍流氓。"

"不！你听我给你说清楚。

到明天你屁股上准定会出一个红色胎记，

我断定我准赢你准得输，

我愿拿这一万元做赌注，

赌输了这钱算你的，赌赢了一万元钱你得出！"

苏秀姑想：我屁股上根本没胎记，

过一夜胎记也长不出。

他平时爱开玩笑占便宜，

这一回我让他输得抱头痛哭。

他二人决定明天分胜负，

第二天，胡丙禄还特意请来了村委主任胡全书。

苏秀姑为赢钱当众脱下裤，

白净无瑕、没有胎记鬼画符。

苏秀姑赢得赌注一万元，

胡丙禄仰天大笑直欢呼；

胡全书满腹苦水无处诉：

"唉，胡丙禄真是狡猾又阴毒。

他刚才和我打赌下了五万元的大赌注，

苏秀姑你要是脱下裤子就算我输！"

没有越界（三弦书）

有位帅哥邱敬修，

特约恋人区吟秋；

二人并肩手拉手，

前往云南去旅游。

在景点玩到日落黄昏后，

去酒店开房发了愁：

酒店只剩一间房，

无奈何只好同房到三楼。

进房后，用目瞅，

一张大床还挺讲究。

二人更衣洗澡后，

区吟秋在床中间放了一个枕头：

满面含笑开了口：

"敬修，咱以此为界做鸿沟；

谁越界谁就是小狗，

狠心绝交情不留。"

邱敬修文雅又宽厚：

"你放心，我不会缺德学下流。"

说罢熄灯解衣扣，

相安而眠，都没越界无所求。

第三天，二人游玩情依旧，

说说笑笑意悠悠。

忽然间一股狂风来得骤，

区吟秋的帽子被风刮到了墙后头。

邱敬修霎时显身手，

嗖！纵身跃墙，敏捷赛猿猴；

捡帽子翻墙精神抖擞，

区吟秋接帽子噘嘴恨悠悠：

"哼，咱俩分手别作秀（啦）。"

"啊？你这话说得无来由。"

"你能够越墙为啥不能越枕头？"

嗨，邱敬修目瞪口呆、呆若木鸡魂欲丢，活像一只傻斑鸠！

没有越界（三弦书）

公交车上（山东快书）

公交车上乘客多，

过道里你挤我扛紧挨着。

难免前胸贴后背，

男女胳膊挨胳膊。

平稳行驶没啥事，

那司机突然来了个急刹车。

何大伯往前倾倒闯大祸，

撞住了少妇金玉镯；

偏偏撞到她胸脯上，

她以为何大伯在耍流氓太轻薄（啦）。

顿时恼怒发了火，

抡巴掌就往大伯脸上掴。

啪！打得大伯脸红肿，

何大伯忍疼道歉解释说：

"姑娘，老伴儿有病我去买药，

我怕药弄撒紧抱着；

刹车的惯性使我难防又难躲，

对不起，请您宽恕原谅我。"

"哼，你这老头算啥货？

占姑奶奶的便宜还想辩驳。

我一恼把你弄到派出所，

说你耍流氓难逃脱！"

乘客们都劝金玉镯消消气，

金玉镯偏偏地破口大骂猛撒泼。

何大伯示弱连认错，

她骂骂咧咧死缠磨。

这时候司机又来了一个猛刹车，

金玉镯冷不防撞向何大伯；

胸对胸，嘴对嘴，

亲吻的大伯直哆嗦。

全车乘客拍手笑，

那笑声简直就像炸了锅！

笑声未落车到站，

金玉镯急匆匆下车忙逃脱。

夜遇惊魂（山东快书）

说一位女工黄秀娟，
月黑风高下夜班；
家在郊区有点远，
只身独行很孤单。
她路过一片玉米地，
蹿出个歹徒把路拦：
（白）"站住！"
黄秀娟从小练过武，
五岁就学少林拳。
此时眼看有危险，
突然间抬腿飞脚，咚！把那歹徒给踢翻。
转身就跑快似离弦的箭，
噌噌噌，大步流星跑得欢。
那歹徒忍疼起身忙追赶，
登登登，掏出尖刀手中掂：
"老子我要追上你，
非扒光你的衣服解解馋！"
黄秀娟跑到一处老坟地，
灵机一动忙开言：

"爹，爹爹爹爹快开门，

帮我把歹徒送进鬼门关。"

那歹徒闻听吓破了胆，

扭回头急忙逃跑一溜烟。

黄秀娟吓跑歹徒心欢喜，

不料想坟墓里真有声音往外传：

"女儿呀，不是为父显灵验，

那歹徒怎能被吓蹿！"

黄秀娟心惊肉跳、浑身直打战，

唰！冷汗湿了 T 恤衫；

头发梢儿支支棱棱方寸乱：

（白）"哎哟，妈呀……"

吓得她撒腿就跑、跌跌撞撞、气喘吁吁、六神不安。

这时候坟后边钻出个盗墓贼，

浑身泥土、气急败坏咬牙关：

"您他妈坏我好事心忌惮，

老子我吓死您心也不甘！"

话说加油（山东快书）

赛场上，两支球队正赛球，

球迷们摇旗助威喊加油；

球员们越听精神越抖擞，

这加油到底有啥讲究？是何来由？请听我来说从头。

说清朝名臣张之洞，

他父亲张瑛曾为举人是名流。

张瑛为官三十年，

曾任知府在贵州。

他鼓励学子苦读求高就，

采取措施巧运筹：

每到夜间定更后，

让两名差役去巡游；

一人挑灯前头走，

一人紧跟于后提着满桶油。

看见谁家有灯光，

就认定是书生夜读在自修。

敲门掌灯仔细瞅，

再给灯添上一勺油；

祝福说："知府大人给您加油了，

祝您功成名就拔头筹。"
他用加油的方法鼓励读书蔚然成风,
贵州的文风大盛、青年才俊傲王侯。
从此后,加油就成了助威的口号,
大中国正在为实现中国梦奋力加油。
(欢呼)加油!加油……

死不瞑目（山东快书）

说一个日本人高桥次郎，

对中国文化热爱非常。

他曾经来中国留学八年，

又打工三年争胜好强。

特别对汉字书法万分崇尚，

真草隶篆全练得登堂入室、崭露锋芒。

特别是写起狂草笔走龙蛇、十分豪放，

他自吹自擂、语气轻狂：

"草书的识别、书写是我的强项，

若失言我甘愿剖腹自杀饮恨亡。"

他这话惊动了医院的护士长，

随手拿出主任医师开的处方一张：

"喂，你若能认出处方上的字，

我给你十万元钱绝不撒谎。"

（白）"此话当真？"

（白）"一言既出，驷马难追！"

（白）"哼，我读错一字，即刻剖腹自尽！"

（白）"给，请你朗读。"

那高桥次郎接过处方睁眼观望，

啊！这……如蚯蚓缠绕、似蛛网纠结、像乱麻一团、若蝙蝠黑夜乱飞翔，

能活活气死张旭这个草书王。

桥本次郎气长叹、头连晃，

拔刀切腹断肝肠。

可怜他死不瞑目心怅惘，

输给了医生的书法实在冤枉。

人情·事故（安徽琴书）

交警队，事故科，

惹恼了姑娘罗白鸽；

她眼瞪圆，眉紧锁，

面红耳赤手拍桌：

"郭良佐，我劝你看破别说破，

你副科不是包公包阎罗。

我兄弟开车遇车祸，

与江苏车相撞起纠葛。

他想托你的人情多要赔款，

还塞给你一千元钱请你定夺。

你不受贿算拉倒，

好不该把钱交公、你让我弟弟的脸面往哪儿搁?"

郭良佐是罗白鸽的男朋友，

连连道歉笑呵呵：

（白）"嘿嘿，白鸽，

你弟弟放下钱转身就跑，

我只好把钱交公给领导说；

再说啦，我也不知道他是你弟弟，

我就是知道我……也得公事公办这么做!

江苏车虽远没咱近，
我也不能违规无原则。
白鸽，你也是交警，上过主题教育课，
咱们要牢记使命不能出格。”
白鸽越听越恼火，
噘嘴瞪眼晃脑壳：
“哼，你无情别怪我无义，
咱两个就吹灯拔蜡两分割！”
“白鸽，咱不能把规矩当摆设，
事故科出了事故可了不得！”
（白）“哼，难道你真要翻脸无情？”
（白）“唉，道是无情情更多呀。”
罗白鸽忽然放声咯咯笑，
伸手指朝郭良佐的额头猛一戳：
（白）“看你那傻样儿！
嗯，经得起考验还不错，
我盼你副科早日转正科。”
她说罢抱住良佐亲了个嘴，
轻声叫了声“哥哥”，慢闪秋波，就故意逃脱！

我认识我爹（鼓儿哼）

说故宫的建筑真叫绝，

金碧辉煌赛天阙。

金銮殿，出尘界，

巍巍峨峨与天接；

玉石龙纹高台阶，

雕梁画栋更皎洁。

宫室幽深连廊榭，

无数珍宝、琳琅满目、争奇斗艳，真令人目不暇接。

参观者成群结队如水泄，

恰似那江水滔滔浪千叠。

这时候来了那清朝的末代皇帝爱新觉罗·溥仪，

他看着一幅相片有点纠结；

不由得皱眉连摇头，

嘴里念叨不停歇：

"这相片不是光绪帝，

分明是醇亲王才更贴切！"

恰巧被故宫的一位历史学者听见了，

傲慢的眼睛都充了血；

瞪着溥仪嘴一咧，

冰冷的声音像打铁：

"无名鼠辈休猖獗，

我堂堂历史学者岂容你否决。

你认错道歉不要耍诡谲，

这结论绝对不许你污蔑！"

溥仪闻听微微笑：

"哦，请您莫学骂大街。

你研究的成果我理解，

不过，我认识这'光绪皇帝'是我爹！"

啊？!

美女看病（河南坠子）

大美女，黄珊珊，

今年已经二十三；

她天生丽质娇又艳，

五官俊美似貂蝉；

柳腰长腿像西施，

丰胸翘臀赛过那杨玉环。

这一天，她忽然胸闷气发喘，

就决定到人民医院去看看。

到医院挂号排队听传唤，

偏偏地遇见那主任医师黑耀前。

黑耀前是个海归态度傲慢，

不问病情掂笔就开化验、检查单；

什么血检、尿检、心电图，

胃镜、B超、磁共振，还有啥啥没写完。

黄珊珊吓得直冒汗：

"大夫，我生的是啥病这么难缠？"

黑耀前闻听一瞪眼：

"不检查就说不清你得的是脑梗还是肝炎。"

"医者仁心，当大夫就应该与人为善。"

"哼，检不检查，我是大夫我说了算。"

"你是大夫，也不能借口检查黑要钱。"

"你……你给我出去！"

"呸！我一见你就反胃，心里就烦！"

黄珊珊心高气傲出门走，

心里说：这狗大夫真是黑心肝！

她到街上找了个小诊所，

见一位老中医鹤发童颜；

老中医望闻问切给她诊脉，

神态慈祥话语甜：

"姑娘，你容颜美，身康健，

实在无病心要放宽。

你胸闷可以回家洗个澡，

我保你精神焕发、春风得意，喜笑颜开乐陶然！

恭喜姑娘时来运转，

本次问诊，我不收你一分钱。"

黄珊珊半信半疑回家转，

脱衣洗澡，觉察到了胸闷的根源：

原来是新买的胸罩超级小，

箍得她胸闷气短苦难言；

又是羞涩、又是自恋，暗自得意了大半天哪呀嗨嗨，咿呀么咿呀嗨！

慈母泪（河南坠子）

六十三岁的谢香兰，
眼望着妹妹泪涟涟：
"妹妹呀，再别说女儿是娘的小棉袄，
这小棉袄不挡饥来也不挡寒。"
他的老妹妹闻听吓一跳：
"姐，你咋能这样说你女儿谢金环？"
"妹妹，你知道金环九岁他爹死，
俺母女相依为命受熬煎。
我节衣缩食供他把书念，
她大学毕业在城里就业成家结姻缘。"
（白）"这不是挺好嘛？"
"她婚后第二年生了个白胖小儿，
要我去给她看孩儿解忧烦。
你知道我是小学老师刚退休，
去给她看孩子理所当然。
她家的住房只有六十平米，
俺三代人住着少了空间。"
（白）"是不太方便。"
"我心想：闺女是娘的小棉袄，

我将来还靠她养老度晚年。

我在镇上还有一套老房子，

卖了后再卖了她这套六十平，再买套大房面积宽。"

"姐，你这真是好打算，

想得长远又乐观。"

"我女儿女婿拍手称赞，

立马行动，卖房买房，欢喜乔迁。"

（白）"那你还愁啥哩?"

"我天天洗衣拖地、买菜做饭，

看孩子、搂孩子睡觉，整整六年。

吃苦受累，我心甘情愿，

孩子七岁，去私立小学念书，不回家园。"

"姐姐你应该是负担减半，

年纪大了，好好地享享清闲。"

"唉，不料想女婿他嫌我做饭不好吃，

还常说压力大得减轻负担；

夫妻俩常吵闹经常翻脸，

分明是嫌我多余，我情何以堪?

女儿懦弱、女婿强势，

我也不想忍气吞声，失去尊严。

我赌气回到镇上租房住，

若没有退休金，我哭天唤地谁可怜（呐)!"

"咦，这女婿真是个忘恩负义的王八蛋，

小棉袄也挡不住妈妈悲泪如涌泉!"

哪壶不开提哪壶（山东快书）

爹姓吴，儿姓吴，

父子爷俩都姓吴。

（白）大实话。

吴姓父子开了个小茶馆，

就在县衙旁边结茅庐。

你别看茶舍很简陋，

茶香四溢真特殊；

来品茶的茶客川流不息无其数，

嘿！都说是来品茶就是享清福。

县太爷爱茶如爱命，

品起茶就忘了他姓胡。

得了空就到这父子茶馆来品茶，

还要吃瓜子、水果、芋头酥。

胡县令特别爱清静，

他一来其他人等要全清除。

他天生肉头脂油肚，

吃吃喝喝，贪得无厌，活像一头老母猪！

（白）好嘛。

问题是他从来不给钱，

茶馆的生意一落千丈，这老吴、小吴直想哭（哇）。

老吴他不敢恼，不敢怒，

只气得躺在床上咬牙切齿瞪眼珠。

让小吴招呼胡县令，可别唐突。

这一天，胡县令又来品茶，

小吴他笑着把瓜子、点心先摆出；

然后又把茶沏好，

胡县令把盏细品眉紧蹙：

（白）"嗯，这茶怎么没味道呀？"

（白）"嘿嘿，老爷，

茶是龙井茶，水是虎泉水，

要不然……小人我再给老爷换一壶。"

他说罢又换一壶给沏上，

胡县令喝了一口又吐出：

（白）"啊噗……"

"老爷，是不是茶馆的茶您喝腻了？"

"嗯，看来人熟茶不能熟（哇）。"

从此后胡县令不再光临小茶馆，

茶馆的兴旺局面又恢复（啦）。

老吴问小吴这是啥缘故？

小吴说："我给他来了个哪壶不开提哪壶。"

到后来胡县令贪赃枉法被革职，

这句话也逐渐被追述；

引申为别人的隐私别乱说，

这就叫哪壶不开提哪壶！

雷殛瓜庵（快板书）

骄阳似火热辣辣，

忙坏了生产队长常顺发。

队里的西瓜成熟了，

要摘瓜去卖用车拉。

他召集了中青年妇女十三人，

要到瓜田去摘瓜。

那位说啦：摘瓜咋不叫男劳力？

嗨，男劳力正修渠把沟挖。

那咋不用年轻姑娘女娃娃？

嗯，怕她们不分生熟连根拔。

常顺发带领娘儿们到瓜田，

说明了要求不许耍叉。

这群娘儿们干活有劲又潇洒，

还说说笑笑嘻嘻哈哈。

这时候忽然乌云遮蓝天，

电闪雷鸣狂风刮；

暴雨倾盆漫空下，

似乎地陷天要塌。

瓜田有个小瓜庵，

这娘儿们钻进去避雨乱喧哗：

（白）"哎哟，淋死我啦。"

（白）"嗨，看淋得你都原形毕露啦。"

瓜庵小，人太多，

瓜庵门外还蹲着常顺发。

"顺发哥，你也挤挤进来吧。"

"不，淋淋雨全当洗澡解解乏。"

说话间，

唰！闪电恰似金蛇舞，

喀！惊雷犹如泰山塌。

轰！火球飞落瓜庵顶，

十三娘儿们呜呼哀哉，魂断身亡，全都变成了灰渣渣。

只剩下常顺发呆若木鸡、半憨半傻，

遍体冰凉，双眼噗噗嗒嗒流泪花。

事过后人都说：那十三娘儿们打公骂婆不孝顺，

就活该天打雷劈龙来抓。

常顺发当队长堂堂正正、清清白白，不贪不腐不称霸，

不怕雷打，苍天有眼能明察。

从此后他们十里八村再没有不孝顺的儿媳妇，

更没有村干部乱纪违法。

这件事就写在县志上，

您不信可以亲自去查。

（白）真咪！

113

慈母怨（河南坠子）

许大妈今年六十八，
到上海看儿转回家。
见到老伴儿顾仲夏，
两眼不住淌泪花：
"他爹呀，你真憨，我真傻，
咱两个生养儿子算白搭！"
顾仲夏安慰老伴儿先坐下，
顺手倒了一杯茶：
"孩儿他妈，你去上海看儿子，
咋气得鼓肚瞪眼像青蛙？"
"嗨，我坐火车到上海，
出车站打电话让儿子接我去他家。
谁知他说他忙难分身，
事先没有打电话、这会儿他实在没闲暇。
不容我回话就把电话挂，
气得我瞪眼又咬牙。"
"哦，咱儿子也许真有事，
你可别拿错把脾气发。"
"我一路走，一路问，

从大清早走到出晚霞；

中午忍饥没吃饭，

在小区门口碰见了他。

俺娘儿俩整整八年没见面，

他那脸冷得像结了冰凌碴。"

"咦，这鳖子实在不像话，

你就是上海市市长也不该冷落您亲妈！"

"没进门让我先脱鞋，

进门后也不说让我喝口茶。

他进厨房去做饭，

他老婆在书房教做作业陪咱的孙娃。

你儿子炒了俩青菜，熬了一锅粥，

喊出了孙娃和他妈。

孙娃也不喊奶奶，

儿媳妇无奈点头，那脸色活像抹了蜡。

吃罢饭小孙孙拉着妈妈进房间，

你那龟儿子竟然让我睡沙发。

我刚想和他说说家常话，

他竟然钻进房间……我有气难撒。

我一夜没睡泪如雨下，

天没亮我就不辞而别、坐火车回到老家。"

顾仲夏浑身颤抖肺欲炸：

"这鳖子简直是拿刀往我心上插！

他忘了为供他读书上大学，

咱两个累死累活种庄稼；

一把眼泪万滴汗，

饲养猪羊喂鸡鸭。

他大学毕业找了个城里姑娘，

成家立业他……就忘了爹和妈。

妥妥妥，罢罢罢，

咱全当没生养忘恩负义、不孝之子，让天打雷劈龙把他抓！

哎，你带去拆迁款三百八十万，

给没给那个小冤家？"

"看！这就是那张银行卡，

就他那德行我咋会便宜他？你当我眼瞎。

他不养老，国家养老，

钱花不完咱就全部捐给国家。"

"对！老伴儿你真是我的好老伴儿，

钱花不完咱全部捐给国家！"

还赌账（鼓儿哼）

117

粗暴老公万九章，

瞪着老婆怒满腔：

"姜妙香，你夜不归宿去干啥（啦）？

说！老实交代别撒谎。"

姜妙香吓得直打战，

噘着小嘴儿连嘟囔：

"昨夜我的手发痒，

没忍住，去垒长城打麻将。"

"哼，打麻将和谁在一起？"

"和我的闺密唐丽、商文还有桑双双。"

"咦，看样子你准是打了败仗，

咱这家底儿早晚也是被你败光。"

"昨夜晚我根本没带钱，

老公，你不必生气脸黑丧。

我虽然手气不好输得够呛，

真没输钱，你不必火冒三丈心发慌。"

万久章皱着眉头想了又想，

手摸着后脑勺脸凝寒霜：

"你究竟输了多少如实讲，

敢撒谎，我劈脸扇你两巴掌!”
姜妙香噘嘴红了脸，
止不住两眼泪汪汪：
“好老公，请原谅，
我把你输给了桑双双整整八晚上，你得陪她去上她的床。”
万九章猛想起桑双双的俏模样，
那真是赛西施、胜王嫱，
比貂蝉、杨贵妃的容貌还美还俊还要强。
尤其是她那双勾魂夺命的风流眼，
回眸一笑，他的口水就像瀑布飞流直下千丈长。
白天思，夜里想，
时时盼她入梦乡。
我老婆输得好，输得妙，
唉，你把我输给她十天半月我也不嫌长。
万九章心里虽然这么想，
脸上依然像冰霜：
“唉，你这娘们儿活似丧门星，
你把我输给人家，活该你守空房。”
他说罢扬扬得意转身走，
“老公，你这是要去啥地方?”
“嗨，你输了咱不能撒赖让人失望，
我堂堂七尺男儿自然得挑起大梁；
我认账还账情豪爽，
没办法呀，你输了我当后盾咱不怕日夜忙。”
(白) 嗨，什么玩意儿!

老鼠过街（山东快书）

县粮库看守马二虎，

手执棍棒直咋呼：

（白）"老鼠？抓老鼠哇！"

这只大老鼠家住县粮库，

吃得体型胖乎乎。

浑身灰毛闪亮光。

尖嘴利齿，还长着稀不棱登的撅撅胡。

小耳朵，小眼珠，

长长的尾巴光屁股。

他偷吃粮食被发现，

刺溜一声蹿出屋；

仓皇逃到大街上，

马二虎穷追不舍往前扑：

"打老鼠啰，打老鼠！"

行人们围观喊打齐顿足；

吓得老鼠直发抖，

胆战心惊骨头酥。

这时候，县太爷偏偏从此过，

心暗想：这老鼠咋从粮库出了洞窟？

八府巡按来督察，

官仓里岂能有老鼠？不摘我的官帽也要罚我的俸禄。

嗯，他转眼生心大声喊：

"喂，那不是老鼠是蟾蜍！"

（白）那位说啦：蟾蜍是啥玩意儿？诸位，蟾蜍就是咱说的癞蛤蟆。

这玩意儿浑身疙瘩傻大嘴，

奇丑无比还有毒，

众人以为县太爷是近视眼，

齐声说：它就是老鼠不是蟾蜍。

县太爷对随从附耳说了句话，

那随从对马二虎出气粗：

"县太爷赏你银五两，

要你说那老鼠就是蟾蜍。"

"这……老鼠会跑蟾蜍能蹦，

它们俩可是没血缘关系不同族！"

"叫你咋说你就咋说，

别装傻充愣喂不熟！"

马二虎无奈高声喊：

"喂，这家伙不是老鼠是蟾蜍！"

路人闻听连摇手：

"分明是老鼠，应该打死快剪除！"

（白）"不，它就是蟾蜍！"

（白）"不，它就是老鼠！"

县太爷摇头晃脑说了话：

"我说他是蟾蜍谁敢不服？

谁不服我就抓他坐大牢，

还要加四十大板打屁股！

谁要是能把它打死，

别管啦，今年的赋税全免除。"

马二虎冲上去打死了大老鼠，

再没人敢说死的不是蟾蜍。

这正是：有权有钱就有理，

老鼠也能变蟾蜍！

领"死尸"（山东快书）

派出所所长冯向东，

正要下班回家中；

猛发现大院里有个黑影，

仔细看原来是一头猪崽在哼哼。

这猪崽也不过七八斤重，

好像只大黑猫瘦骨伶仃；

在菜畦里用嘴不住地拱，

想赶它走它又跑进了花丛。

招惹得民警们一齐行动，

逮住了小猪崽，交门卫看守不许放松。

"伙计们，在辖区访查出猪的主人，

不吃饭不睡觉也要查清。"

冯向东和战友们只忙到夜里九点整，

也没有找到那猪仔的主人公。

无奈何让门卫在院里砌了个猪圈，

让门卫兼饲养员责任不轻；

每月加薪六百元，

买饲料可报销月月结清。

派出所正进行主题教育，

对猪仔献爱心，争先恐后，抢着立功。

有的人趁下班去给小猪捡菜叶，

有的人把剩饭悄悄就往猪圈扔。

半夜里狂风暴雨来势猛，

冯所长拿雨衣给小猪撑起防雨棚。

他被淋成了落汤鸡，

小猪却干干净净笑出了声：

（模仿猪笑）哈哼哼……好嘛。

第一月小猪足足二十一斤重，

半年后一百三十八斤还有零；

转眼到了春节前，

乖乖！它一家伙长成了《西游记》里的二师兄。

（白）成猪八戒啦！

上秤称足足二百八十多斤重，

却一直无人认领，贴寻猪启示也落空。

冯所长开会研究做决定，

杀了它，平均分肉给民警。

转眼间白刀子进红刀子出，

大卸八块再分割要各分一杯羹。

这时候来了派出所的邻居、九十岁的老爷爷，

带着笑给冯向东连鞠躬：

"所长啊，这猪崽本是我买的，

谁知道它跑到你这儿当了逃兵。

它菜也吃，花也拱，

把您祸害得可不轻。

您关它的禁闭让它坐牢，

到最后又给它判了死刑。

所长啊，请允许我把它的死尸认领，

说实话，您查访失主时我故意旅游去了北京。

这尸首我只领一条后腿就足够，
我还要给你们好心的邻居鞠个躬!"
民警们把猪肉全部送给了老爷爷，
从此后人都说：民警们真是活雷锋!

换爹（山东琴书）

大龄姑娘薛自洁，

只长得各样零件都不缺，

头发黑，黑如墨，

脸蛋白，白似雪，

嘴唇红，牙皎洁，

高鼻梁，如粉捏，

细眉毛，弯如月，

杏子眼，不交睫，

秋波闪闪不停歇，

哎哟哟，勾魂夺命只一瞥。

胸脯挺，屁股撅，

双臂美，如玉珏，

十指尖，似春笋，

腰细腿长真叫绝。

穿一件素雅洁白连衣裙，

足踏牛皮白凉鞋。

轻启朱唇露笑靥；

搂住脖颈、亲热喊爹情切切：

"爹，我想买辆保时捷，

只可惜手头存款有点缺。"

她爹名叫薛先觉，

是一位中学教师有气节。

他对这个独生女儿视如掌上明珠，特别喜悦，

供应她上大学、一直到读研毕业。

"自洁，买车你缺多少钱？

你老爸帮你补补缺。"

"爸，我只有存款一千元，

还差五百多万请老爸你给解决。"

薛先觉闻听好气又好笑，

心里凉了大半截：

"自洁，你老爸不是贪官不经商，

不是医生、没开银行、良心也没泯灭；

我往哪儿给你去弄五百万？

我建议你最好还是换个爹！"

啊？！

薛自洁眼一眨巴嘴一咧，

热身子好像掉进了冰凌穴：

"爸，你的话，我理解，

我不该啃老毒似蝎。

我……知错必改、孝顺老爸从头越，

说一句空话我就是这么大一个大老鳖！"

索贿（山东快书）

驾校考试分几科，

规章制度很严格。

再严格也有空可钻，

这可乐坏了教练大老郭。

大老郭是个老司机，

老奸巨猾心眼活。

他带了徒弟十三个，

捞的油水都成河（啦）。

其中有个女徒弟，

刚二十一岁叫葛玉娥；

只长得如花似玉赛西施，

爱说爱笑挺活泼。

青春靓丽闪光彩，

特爱跳舞会唱歌。

这一天师徒来到练车场，

在车上悄悄话儿悄悄说。

（白）大老郭说："玉娥呀，

你师姐，何长乐，

送给我两箱大苹果；

所有考试一次过，

拿了驾照、修成正果乐呵呵。"

玉娥说："还是师傅教得好，

要凭她这次考试准砸锅！"

"嗯，还有你的大师哥，

考试前送给我两箱大菠萝；

考试时各科成绩都是第一，

拿到驾照，还要请我把酒喝。"

葛玉娥冰雪聪明却装糊涂：

"师傅，我知道您一向喜欢我。

我也想早点拿驾照，

想孝敬您，可惜我的嘴又笨又拙。

师傅，以德报恩我明白，

您说吧，想要啥说出来我尽力而为，绝不反驳！"

"嗯，你家有啥就随便送点啥，

你聪明不用我点拨，你也无须细斟酌。"

"师傅，俺家开了个寿衣花圈店，

要不然，我干脆送你两个骨灰盒！"

（白）"滚！"

"请师傅千万别发火，

我知道您一向很洒脱；

您家里有儿有女有你和你老婆，

我送你四个骨灰盒子也不嫌多！"

大老郭气得咬牙切齿脸发白，

浑身不住打哆嗦。

葛玉娥轻盈跳下车：

"我呸！你索贿算个啥家伙！"

猫评委（山东快书）

我们家的春晚有定期，

年年都在大除夕。

我妈妈、我老婆，还有我和我儿子，

轮流登场、比试才艺争高低。

今年特意请了一位评委，

让我家的波斯猫来点评，童叟无欺。

（白）笑话！

波斯猫不懂文艺难言语，

咋评咋论，岂不是乱扯皮？

你不知道俺家这只波斯猫，

火眼金睛、聪明伶俐是天生的；

它自费读研究生毕业有文凭，

德艺双馨，政府津贴实在高级。

俺规定：它看了节目只要叫一声"喵"

就能获奖得第一；

它要是看了节目噌一下蹦到谁怀里，

那就是特等奖，该发奖金没问题。

我妈妈选唱京剧《红灯记》，

唱李奶奶痛说革命家史声情并茂那叫高级。

没想到猫评委双眼紧闭，

无动于衷像做梦、忘了呼吸。

看得我胆战心惊暗暗警惕：

乖乖，这猫评委还真是铁面无私，要免除看客下菜，去陋习！

我抖擞精神上场去，

唱杨子荣打虎上山那叫给力：

"穿林海跨雪原气冲霄汉哪……"

那声音如黄钟大吕、响彻屋宇。

你再看那猫评委抬起猫爪捋了捋它的胡须，

慢条斯理摇摇头又趴在评委席上闭眼休息。

紧接着我老婆登场跳舞，

那霹雳舞是国际范儿真叫高级。

（音乐、舞蹈）

整个舞蹈征服了我和我妈，

那猫评委似乎是也受到了视觉冲击；

张牙舞爪了几下子，

嘴一张又闭上归于沉寂。

到最后我七岁的儿子登场表演，

他唱的是电视剧《西游记》插曲实在滑稽：

（唱得跑调荒腔）"你挑着担，我牵着马，

斗罢艰险又出发……"

没想到猫评委"喵"一声蹦到他怀里，

他得了奖领了奖金笑嘻嘻。

他唱得最差为啥会获奖？

事后才知道，他赛前喂了那波斯猫一条黄河大鲤鱼！

买爷爷（鼓儿哼）

雪花飘，冷风吹，

天寒地冻乱云飞。

小学生，梅香蕊，

站立街头心伤悲。

望着行人眼落泪，

背着书包头低垂。

她看到一位老人七十多岁，

神态慈祥白了须眉。

她急急忙忙跑上前，

清脆的嗓音颤巍巍：

"爷爷，老师要开家长会，

我想请您去奉陪；

时间大概在二十分钟以内，

我给您一元钱，爷爷，我只有一元钱，您可怜可怜我这一回！"

老爷爷姓崔名子贵，

是一位退休的校长胸有成规。

他看着小妞妞眼含泪水，

不由得俯身皱双眉：

"小姑娘，你想买爷爷我不要钱，

告诉我，你爸爸妈妈都是谁?"

"爷爷，我爸爸三年前患病死去人变鬼，

我妈妈离家出走再也没回归;

撇下了奶奶和我吃苦受罪，

奶奶她摔了一跤、卧床难起、不会行走、那叫倒霉。"

崔子贵心明如镜挺干脆:

"走，我当你爷爷去开会勉力而为。"

这爷儿俩手拉手走进校园教室内，

见到老师崔红梅。

梅香蕊忙给老师先鞠躬:

"老师，这是我爷爷很谦卑。"

崔红梅闻听眨了眨眼，

手拉着崔子贵走到旁边笑微微:

"爸，你怎么私养女儿刚八岁?

我妈妈要知道了准得吃醋发虎威!

让你睡沙发、搓板上跪，

哎呀呀，那可是浑身是嘴难说清要吃大亏。"

"傻妞，别给爸爸开玩笑，

你当老师，有责任对学生扶危济困不能推。

我帮她祖孙解决生活费，

你对她要格外关心送温暖尽情发挥。"

他父女当场表态、人人赞美，

令梅香蕊感觉到新时代处处尽春晖!

有"前科"（山东快书）

中学教师江海波，

被无辜冤狱六年多；

平反昭雪又纠错，

恢复公职、恢复党籍、恢复名誉，他干起工作就好像入了魔！

他立志把荒废的时间抢回来，

顾不得索赔去缠磨。

他第一天到校去上班，

报过到就伏案写了一首歌；

热情歌颂新时代，

紧接着谱曲练唱，不分日夜紧忙活。

恰遇上二十天后的新创歌曲全国赛，

他获得词曲、演唱俩金奖，霎时名扬全中国。

师生们年终时评他为优秀教师，

反对者唯有校长卓金铎。

这位校长说："江海波老师创作有成果，

别忘了他可是有前科；

虽然说平反昭雪没过错，

要谨防他怀恨在心暗入魔。"

她这话简直是"莫须有"，

给江海波伤口上撒盐，再用刀戳。

第二年江海波连发论文两大篇，

教学实践、刻苦钻研、踔厉奋发苦拼搏；

同学们都爱听他讲课，

从不办补习班去捞外快十分洒脱。

年终师生们评他为模范的共产党员，

卓校长大为恼火狠拍办公桌：

"他有前科我说过，

需提防他暗中磨刀明藏拙。

俗话说咬人的恶狗不露齿，

有我在，绝对不许他出格！"

有前科好像是一条枷锁，

死死地套牢了江海波。

任凭他呕心沥血、鞠躬尽瘁，

他"有前科"今生今世断难摆脱。

这天深夜学校的家属楼突然起火，

偏遇着江海波写论文熬夜拼搏。

他发现烈焰腾腾难阻遏，

就急匆匆挨户敲门、唤醒人们快逃脱。

等叫醒卓校长早已是烈焰冲天、浓烟滚滚，

江海波背着她舍生忘死才逃出烈火窝。

灾过后，卓校长对江海波表示感谢，

江海波说："请校长别忘了我有前科！"

买卖之间（安徽琴书）

醉酒后的邱容留，

晕晕腾腾上了商场二层楼。

晃晃悠悠用眼瞅，

嘿，这一双乔丹牌的球鞋真叫牛！

（白）"牛，真牛！"

他醉眼蒙眬，拿着球鞋开了口：

"营业员，我要买这双鞋这价格能否从优？"

他的喊声惊动了女营业员杨春柳，

走近一看，立马皱眉又摇头：

"这双鞋售价九百九十九，

想优惠除非是玉皇大帝下凌霄宝殿来地球！"

邱容留见对方是自己的前老婆，

（白）前老婆？啥意思？哦——离过婚的老婆。咳，您瞧这巧劲儿！

强忍尴尬忙应酬：

"这……这牌子上明明标价五百九十六，

你为啥要九百九十九？分明瞎胡诌！"

"哼，你不想买赶快走，

最好别在这儿停留。"

邱容留酒劲儿发作，气得直发抖，

一拍柜台大声吼：

"快把您的经理叫出来，

你这态度真令人发呕。"

这吼声如念紧箍咒，

急匆匆跑来经理千金裘。

杨春柳哭着向经理诉委屈，

邱容留硬说他俩有旧恨和前仇。

千经理脸如冰霜、挺胸昂首，

眼瞪得好似乒乓球：

"这双鞋进口价是一千九百九十九，

少一分你净落看看干发愁。

你不买就请赶快走，

你要买赶快刷卡，别再发怨尤。"

邱容留对这鞋实在是爱不释手，

急忙刷卡，提鞋下二楼。

千经理眼盯着他的背后，

对杨春柳亮出底牌气咻咻：

"这小子勾引我老婆，是一个跳梁小丑，

我今天坑他也算报了仇。"

诸位，买卖之间究竟有多么丑陋？

黑奸商坑死人不偿命、贪得无厌，比吸血鬼还狠毒、还苛求！

学游泳（河南坠子）

全民健身争减肥，

强身健体有作为。

有的跳舞练健美，

有的打太极想夺魁。

只有大婶赵玉瑞，

闷闷不乐暗皱眉；

天天到游泳馆里学游泳，

独来独往无人陪。

教练姑娘高小惠，

心存疑虑，问了她好几回：

"大婶，我看你，很怕水，

咋偏要学游泳，是何原委?"

赵大婶摇头叹气眼落泪：

"闺女呀，给你说你可别给我惹是非。

只因为我那媳妇花含蕊，

她多次问我儿子王晓飞：

'假如我和咱妈同时掉进深水，

你说你会先救谁?'

我儿子天生是个窝囊废，

回回是一言不发头低垂。
不用说他也是先救他老婆，
我不会游泳岂不是得倒霉!"

自主拳（河南坠子）

唱一位大嫂韩玉兰，

对老公管得特别严。

这一天，她给老公洗衣服，

衣袋里发现了私房钱，

她看了看，点了点，

不多不少整二百元。

气得她扔下衣服板起脸，

双眉倒立眼瞪圆；

抡起巴掌似闪电，

啪！啪！大耳光猛扇没个完：

"你呀你，好大胆，

是不是有了外心将我瞒？

是不是想包二奶心肠变？

要不然，我管你吃、管你穿，你干吗还存私房钱？"

老公低头哭丧着脸：

"唉，说起来我比窦娥还冤还心寒！

现在是市场经济多变幻，

办事没钱实在难。

朋友们一块儿吃顿饭，

我衣袋空空难近前；
我妈有病住医院，
交不上药费泪涟涟。
求求你，赏赏脸，
也给我一点儿自主权。"
"哼，家庭财政归我管，
别的一切都免谈。
你这是经济犯罪难赦免，
依法处理要从严。"
她说着攥起拳头晃了晃：
"瞧，这个就是自主拳！"

谢周公（河南坠子）

鞭炮喇叭不绝声，

迎亲花轿到前庭。

闺阁内姑娘打扮多齐整，

满面含羞泪盈盈：

"嫂嫂，女孩儿出嫁是谁定？

嫁人的规矩是谁兴？

嫁给个男人有何用？

我真想就在娘家过一生！"

嫂嫂说："女孩儿出嫁是周公定，

嫁人的规矩是周公兴；

嫁给个男人难清静，

简直就像跳火坑！"

说话间姑娘上轿如做梦，

三天后，她回娘家见到嫂嫂笑盈盈：

"嫂嫂哇，你不该信口开河把我哄，

简直是个骗人精。

入洞房我才知周公真可敬，

那嫦娥她不该独自留在广寒宫。

你快说周公是何方神圣？

我要做一双新鞋去谢谢周公！"

卓绝的讲演（快板书）

礼堂内灯火辉煌亮又明，

全国的西医论坛正进行。

在座的全是院士博士专家教授和院长，

个顶个、都是精英有美名。

看，主席台上人影动，

走上来鹤发童颜一老翁。

你看他昂着头，挺着胸，

背不驼，腰不弓，

眼明亮，脸赤红，

咳，咳嗽的声音似敲钟。

他就是名老中医龙国正，

说话时根本就不用借助麦克风。

"嗯，我受邀与会很荣幸，

来交流医术精益求精。

不过，依我看在座的全是饭桶，

恕我直言，您可别反感不爱听。"

他的话点燃千丈火，

会场霎时乱哄哄：

"这老头怎么这么狂妄？

态度傲慢、目中无人、牛皮哄哄。"

龙国正打出手势请安静，

板起面孔若冷冰：

"哼，你不过就是读了几年书，

出国留洋念了几本西洋经。

借助那医疗设备会体检，

查出病症再开处方就成了患者的大救星。

您如果离开了医疗设备，

完全是俗人一个，再难把人蒙。"

说到此听众们你看我、我看你，

连连摇头不作声。

"喂，我不否定西医能治病，

但是我肯定：中医们救死扶伤有奇能。

您不信，咱可以当场挑战，

选十名患者，咱分别治疗做抗争。

你可以医疗设备全使用，

我只用几根手指、一盒银针，就能让病人再生。

还可以计时间计医疗费用，

谁输了谁就是饭桶，得公开承认，不许变更！"

这番话就如同五雷灌顶，

静悄悄没有一人敢吭声。

足足沉默了1分23秒半，

哗——

掌声如雷、震耳欲聋，响彻了长空！

真人真相（快板书）

同学会在五星级酒店宴会间，

五年后毕业重逢乐翻了天。

有的拥抱，有的握手，还有的品茶说着玩，

服务员上菜准备请就餐。

这时候走进来一位农民模样的男子汉，

身上穿西式短裤T恤衫；

额头上，流着汗，

脚穿凉鞋，还有泥土在上边。

他抱拳拱手笑满脸：

"诸位，您是否还认识我段民安？"

段民安在大学根本不起眼，

谁见他都把白眼翻。

现如今分明是个庄稼汉，

惹恼了当年的班长范秀娟。

范秀娟如今在县委宣传部里当副科长，

老公是大款，有房有车还有钱。

同学会她是召集人，

她故意地举起小手，在鼻子尖上扇了又扇：

"嗯，你身上的气味好难闻，

今天的盛会好像是并没有把你列入名单。"

段民安尴尬入座笑了笑：

"对，我是不请自到，想见见学友聊聊天。

服务员，快给大伙儿上咖啡，

学友们，拿筷子吃菜，咱边吃边寒暄。"

他分明喧宾要夺主，

范秀娟气得七窍直冒烟：

"你一个农民咋呼个啥？

别王八钻到盐罐里——嘴还真咸（闲）。"

有人说："公鸡上房——你算啥鸟？"

有人说："癞蛤蟆放屁——你冒啥烟？"

段民安想要反驳又闭了嘴，

学友们这才亲亲热热、吃吃喝喝、说说笑笑侃大山。

眼看着风扫残云吃罢了饭，

要买单，共花了七千五百八十三。

范秀娟故意说："咱今天实行 AA 制，

这消费需要按人头来均摊。"

众人闻听傻了眼，

段民安喊过来大堂经理开了言：

"今天的醋熘鱼片不新鲜，

圣女果没完全长熟有点儿酸。

咱的菜肴要色香味俱佳，一丝一毫不能减，

学友们，咱今天聚餐我买单。

这酒店是咱的，我是老板，

你来消费，我招待不周请包涵。"

范秀娟大吃一惊、瞪圆了眼，

面红耳赤直害羞惭；

众学友后悔失言连连道歉，

哗！掌声如雷响彻了云天！

真人真相（快板书）

人生价值（鼓儿哼）

山间松柏掩禅院，

寺院里有位老僧名了凡。

了凡收了个十六岁的小和尚，

剃度后取了个法号叫悟玄。

悟玄合掌问师父：

"师父，人生价值多少钱？"

了凡说："你要想为师给你说答案，

你先到山间找一块石头到菜市场上去看看；

你必须伸俩指头不讲价，

问准价再搬石头转回还。"

悟玄就照他师父说的办，

捡了块石头到菜市场上摆起了摊。

一位大婶见他的石头挺好看，

就蹲下身子问价钱。

悟玄伸出俩指头；

（白）"两块钱？"

悟玄他晃了晃指头没答言。

（白）"你要卖二十元？"

小悟玄收起石头回禅院，

把经过一五一十告诉了了凡。

了凡听罢头连点：

"嗯，你明天再去博物馆，

还如此这般再回还。"

悟玄带石头来到博物馆，

不少人围观看稀罕。

有一位富翁拿起石头看了又看：

"小师父，这石头你卖多少钱？"

小悟玄伸出俩指头；

（白）"哦，你要两百元？"

悟玄他晃了晃指头没答言。

（白）"啊，你要两千元？"

悟玄他收起石头回禅院，

把经过详详细细说给了了凡。

了凡听罢头连点：

"嗯，你明天再到古董店，还如此这般再回还。"

第二天，悟玄带石头来到古董店，

许多人见那石头就眼瞪圆；

有一位阔太太像发现了宝贵文物，

"喂，说个价钱，我和这宝贝有善缘。"

小悟玄伸出俩指头，

（白）"两万元？"

悟玄他晃了晃指头没答言。

（白）"哦，你卖二十万？"

悟玄他抱起石头回禅院，

了凡他听罢汇报笑开颜：

"人生价值值多少？

相信你不用再听为师谈。

价值取决于你在什么平台上站，

你身处低位想有价值，那是白日做梦、难上加难！"

讨债（鼓儿哼）

公司老总白寒斋，

气得瞪眼鼓着腮：

"可恨那酒店老板柴安泰，

欠咱公司三百多万他怀鬼胎；

多次催讨他耍赖，

弄得咱员工工资都难开。

谁要是能讨回这笔债，

别管啦，我给他五十万奖金怀里揣。"

他的话音刚落地，

站出来大肚子孕妇艾金钗：

"老总，咱自己人说话不见外，

我帮你讨债，你发给我奖金都应该。

不过，你还得让我休假一年整，

别管啦，我让他乖乖还债咱爽歪歪。"

白寒斋满口答应不懈怠，

艾金钗直奔酒店，大摇大摆问前台：

"小姐，请问您老板在不在？"

那小姐看着她的大肚直发呆：

"哦，你找俺老板有啥事？"

"这……我怀的可不是猪狗胎。"

"嗯，请小姐稍坐且等待，

老板他晚上一定能回来。"

"那我就不等他个狗尿苔（啦）。"

艾金钗说罢就走，一摇三摆，

她天天如此，挺着个大肚头高抬；

活像只企鹅跩呀跩、跩呀跩，

跩得那员工们差一点儿没把嘴笑歪；

惹得那柴安泰的太太吃醋犯疑猜，

第四天柴安泰自动还钱模样乖：

"这支票是三百多万不敢打拐，

请您的那位孕妇千万亲自告诉我太太：

她怀孕跟我没关系，

要不然我太太非砍下我的脑袋挖坑葬埋。"

众人闻听鼓掌大笑，

齐夸奖艾金钗聪明机智是个鬼才！

骂女儿（河南坠子）

五十岁的大妈崔香菲，

手拿着一张报纸颤巍巍。

"您看看记者的报道有多么值得玩味，

标题是《经典戏曲名〈奇卉〉》，

明星主演、好评如潮、参赛夺魁，

这演出我去看了直后悔，

那剧情漏洞百出，令人侧目又皱眉。

日本鬼鸣枪示威如鬼魅，

满台百姓惊慌伏地肝胆摧。

公然污蔑咱老百姓是胆小鬼，

观众们恨得咬牙，窃窃私语论是非。

还演啥江湖艺人为传承技艺受尽罪，

闭口不说党领导，这编剧意欲何为？

记者评论说《奇卉》是重点剧目，分明是巴结权贵，

明星背后有依仗令人生畏。

这记者鼓恶浪、吹歪风，让人反胃，

借媒体堵众口我心如锥。"

年轻演员华含蕊，

接过报纸，仔细观看手一挥：

"这记者简直在作祟，

闭着眼睛瞎胡吹。

剧院里要每人免费送票二十张，

咋成了一票难求不可追？

请环卫工集体免票看演出，

咋成了慰问演出树丰碑？

《奇卉》获戏曲大奖不伦不类，

咋就成了依法合规？

听人说剧院曾经向记者行贿，

送红包恳请她发通稿尽情发挥。"

崔香菲问："你可知这记者的名和姓？"

华含蕊看着报纸笑微微：

"你看，这记者的笔名在这儿印着，

就是大名鼎鼎的甄青梅。"

啊?!

崔香菲目瞪口呆连连后退，

"我……做梦也想不到她是我女儿韦秋葵。

从小时我就教她崇德尚艺，

她怎么研究生毕业却忘了我的训教、党的栽培!

这不孝女分明在犯罪，

绝不能容忍她随波逐流、道德崩颓。

死妮子若再敢文过饰非、攀龙附凤、三观尽毁，

管教她自作自受、自认倒霉!"

花园口游记（河南坠子）

黄河飞流浪如山，

王平川站在堤岸放眼观；

只见烟柳绕紫燕，

鲤鱼跃波戏碧澜。

如诗如画锦绣乡，

何处飞来桃花源？

哟，姑娘驾游艇正靠岸，

嗬，穿西式短裤T恤衫。

芙蓉粉面水灵灵的眼，

黑发柔顺披双肩。

"姑娘，请问这里可是花园口？"

"对，明朝时许天官曾经在此建花园。

大叔你有事我愿听使唤，

我叫王珊珊，是花园口景区的导游员。"

"珊珊，我妈的娘家也住花园口，

村东头，紧靠河岸边。

都只为蒋介石派人炸开花园口，

永难忘那是1938年6月的一天；

豫皖苏三省平原成泽国，

九十八万百姓葬身鱼腹血泪斑斑。

一千二百万难民携儿带女、背井离乡、逃荒要饭，

至今思乡难回还。

我老妈已经八十三岁半，

她要我回来看看，要能够叶落归根，她才心安。"

王珊珊含笑头连点，

给村支部书记打罢电话笑开颜：

"大叔，书记说回头寻亲也不晚，

我现在陪你去游览。"

珊珊她陪大叔来到观碑亭：

"大叔，国民党并没把日寇淹死完。

千古罪人这笔债难以清算，

多亏了解放后毛主席视察黄河到邙山；

周总理冒雨亲临来抢险，

习近平总书记到兰考东坝头上去参观。"

王平川思绪如潮发感叹，

无限赞美感慨万端：

"这真是天变地变时代变，

母亲河早就旧貌换新颜。"

他二人登上游艇逛景区四处流盼，

不知地不觉地陶醉纵谈。

清风清水，群鸟不断，

草长鱼肥，虾戏红莲；

河岸外，高楼连云歌不断。

常住在花园口只羡鸳鸯不羡仙！

眼看着王珊珊陪大叔进了小吃店，

到下回王平川陪他妈叶落归根咱再唱换了人间！

请出示人证（安徽琴书）

高速列车正飞奔，

车厢内列车员查票挺认真。

她查到一位残疾人，

左手的五个手指只残存拇指一根。

这个人自称是因公负伤，

急匆匆去郑州医院看望父亲。

匆忙间忘带了残疾军人证，

买了张儿童票事出有因。

只因为身上没有钱：

"等我打工挣了钱，返回时再补票，决不亏心。"

这个人羞愧满面态度中肯，

却惹恼了女列车员欧阳香云：

"你有伤残难为凭，

我们是认证不认人。"

列车长闻声跑过来，

问明情况就说原因：

"认证不认人是上级规定，

执行规定绝不能乱弹琴！"

满车厢乘客纷纷议论，

有人说："有规定难破例都要遵循。"

有人说；"看情况该破例何必较劲？"

这时候站出大妈秦秀文。

她对着列车长开口发问：

"请问你是男人还是女人？"

列车长被问得啼笑皆非：

"大妈，我是男是女难道你难以区分？"

"列车长，你是男是女不重要，

我可是如你所说，认证不认人。

你别犟，拿出来你的人证我看看，

看看你是男是女还是乌龟王八孙？"

欧阳香云气不忿：

"大妈，你骂人可是有点儿贫。"

"哦，那大妈我要问问你，

你究竟是人不是人？"

"咳，大妈你真会开玩笑，

我当然是人还很清纯。"

"那就请你出示你的人证我看看，

没人证谁知道你是猴子还是鹌鹑？"

欧阳香云面红耳赤无言对，

列车长连连摇头暗思忖，

那残疾人心存感激热泪淌，

满车厢乘客交头接耳出了神。

大妈说："有规定该变通时且变通，

该认真时且认真，

残疾人该补票我替他补，

因为他曾为国效力，我在报上看过他的新闻。"

满车厢乘客都深受感动，

霎时间满车的乘客掌声雷动响入云！

人谴（河南坠子）

农村老汉牛大栓，

进城去买一件白衬衫。

走在大街脚被绊，

低头看，哟，有个钱包在面前。

他捡起钱包细观看，

乖乖，钱包里整整装着两万元。

牛大栓，心良善，

他心想：丢钱的人说不定急得七窍直冒烟！

俗话说一文钱难倒英雄汉，

这不义之财决不能贪。

想至此，高声喊：

（喊）"钱包，谁的钱包？"

嗓门儿挺高有点儿憨。

闻声跑过来一个小黄毛，

穿西服短裤T恤衫；

胳臂上文着一头狼，

戴着墨镜白眼翻：

"那钱包，是我的，

快点儿给我莫迟延。"

牛大栓把钱包交给他，

他倒说："我钱包里原本装着三万咋成了两万元？

那一万元钱哪儿去了？

快快给我交回还。"

牛大栓闻听傻了脸，

手拍胸口喊苍天：

"我想昧钱何必喊？"

"你明喊明骗心藏奸。"

二人争吵气难咽，

引来不少人围观。

这时候有位姑娘人前站，

穿一身运动服装红艳艳；

健美的魔鬼身材令人艳羡，

她本是全省的散打冠军武梦兰。

只见她从黄毛手里夺过钱包；

笑嘻嘻地问根源：

"你钱包里原来真装着整三万？"

"对，说瞎话我就是这么大个儿的大老鼋！"

"嗯，这大叔捡钱包我就在旁边亲眼看见，

钱包里只有两万元。

这说明钱包根本不是你的，

大叔，这笔钱没人要就是你的钱。"

小黄毛本想讹诈实难强辩，

心不服不由得紧攥双拳。

围观者义愤填膺高声喊：

"抓起他送派出所关他几天！"

小黄毛心惊胆战仓皇逃窜，

牛大叔说："这笔钱我捐给散打队，

祝你们好好训练、为国争光、永远向前！"

猪与熊猫（鼓儿哼）

深山老林青青竹，

云雾缥缈风呼呼。

鱼游溪水鸟鸣幽，

急匆匆跑来一头猪。

这头猪膘肥体壮毛色亮，

肥头大耳小眼珠；

四肢粗壮尖尾巴，

双龙背的脊背圆屁股，前额枯雏嘴突出。

因为主人要杀它，

它拼命逃到这深山谷。

刚想趴下喘口气，

遇见只熊猫神气足。

体型肥大毛色光，

黑色眼圈圆眼珠。

憨态可掬惹人爱，

慢悠悠吃着竹子挺纳福。

看看熊猫想想己，

忍不住对着熊猫放声哭：

"熊猫哇，你我长相差不多，

这命运咋就天差地别有出入。

你在山林自由自在还有人保护，

被圈养更成了国宝贵族。

供你吃供你喝还有保姆，

陪你玩逗你乐毫不含糊。

怕你冷怕你热怕你生病有空调还有医护，

你谈个恋爱生个崽都有摄影记录。

再看我吃糠咽菜受尽苦，

到头来终难逃白刀子进去红刀子出。

褪毛扒皮剔骨头，

千刀万剐煮熟后，让人果腹。

我和你虽属同类不同命，

莫非你真是前世修来的福？"

这大肥猪哭到伤心处，

泪珠儿随着溪水哗哗流淌出山谷。

熊猫越听越糊涂，

摇头晃脑也想不清楚，

就说道："自古人间多少事，

就没有公平公正的百科全书。

历来是谁当大王谁做主，

谁追求平等，谁就是自找不舒服！"

猪与熊猫（鼓儿哼）

159

贞观遗事（河洛大鼓）

唐太宗李世民执掌江山，

贞观年风调雨顺国泰民安。

这一天他偶然到天牢查看，

对囚犯张全宝询问犯罪根源。

张全宝只吓得浑身打战；

"万……岁，罪民张全宝，

家里真贫寒。

老婆容貌俊，

恶少强逼奸；

被我给打死，

判我死刑也不冤。

老婆生娇儿，

眼看要过年；

万岁爷若能够放我回家看一眼，

我回来被砍头也感恩戴德、含笑九泉！"

李世民听罢暗把头点，

调阅案卷细浏览。

监牢内共有囚犯三百九十人，

犯杀人、抢劫、盗窃罪的多半是贫穷无钱。

"民穷怨朕治国失策，

严刑镇压情何以堪？"

他召集众囚犯亲传圣旨：

"朕今天就让你们都回家过年；

到家里要孝敬你的父母，

对妻子和儿女要恩爱有加不许野蛮。

限定你们二月二申时回转，

迟一刻要加刑一律从严。"

众囚犯齐刷刷跪倒叩头谢恩典，

高呼万岁声震九天。

随行的官员跪倒一片：

"万岁，此事依律不能从宽。

这些人全都杀人不眨眼，

您这样分明是放虎归山。"

"不，国人向来讲诚信，

朕相信无人推朕下深渊。"

他说罢挥手放走众囚犯，

转眼间就到了二月二回归这一天。

张全宝二月初一先报到，

其余的人不到申时全回还。

只差一人生了病，

坐着牛车回来也在申时前。

都说是："万岁爷施恩咱讲信用，

回来被斩首心也坦然。"

李世民闻听满心喜悦，

降圣旨对这些罪犯全部赦免回家园。

从此后贞观年的犯罪率大大降低，

这件事流传至今，还在流传。

让座（三弦书）

老爷爷，张大憨，
今年高寿八十三。
他买了一张火车站票坐火车，
心里忐忑不能安。
他心想："我上车找个座位先坐下，
没人问，我就坐着挺舒坦，
有人问我就站着也不冤。"
车到站，他先上了车，
找了个靠车窗的座位挺悠闲。
不一会儿车厢人上满，
过道里你挤我扛腰难弯。
有位姑娘清瘦文弱过道里站，
被挤得仄仄歪歪苦不堪言，
汗珠儿挂满瓜子脸，
马尾辫摇摇晃晃好可怜。
只见她朝老爷爷望了一眼，
抬起手擦了把汗水露出笑颜。
列车疾驰如闪电，
走过来检票的列车员。

列车员拿过姑娘的车票看了又看：

"姑娘，你买的坐票为何站着受熬煎？"

"我……让爷爷站着我心不安。"

张大憨这才知道自己占了姑娘的座，

急慌忙起身道歉害羞惭：

"姑娘，都怨我糟老头子不检点，

鸠占鹊巢、不讲道德，请你包涵。"

他伸手想拉姑娘去就座，

不料想姑娘她"哎哟"惨叫泪涟涟。

原来这姑娘名叫景文灿，

原本是公安女警员；

因擒拿歹徒她中枪受残右腿断，

装上了假肢、穿上了牛仔裤并不影响美观。

列车员问明缘由连声夸赞，

张爷爷举巴掌就往自己脸上扇：

"咦，姑娘你真是让我丢脸，

从今后再想占便宜我就不是张大憨。"

姑娘她急忙赔笑脸：

"咳，年轻人敬老绝非口头禅。"

聪明的列车员眨了眨眼，

话语平凡真不平凡：

"爷爷你还坐原位置，

我领着这姑娘到餐车找个座位，请她就餐。"

满车厢旅客闻听齐称赞，

热烈的掌声阵阵随风传。

李白捉月（河洛大鼓）

诗人李白酒中仙，
醉酒夜游自驾船。
秋风习习轻拂面，
蟾光灼灼照人寰。
大江滔滔如银链，
星辰隐隐夜不眠。
李白蒙眬睁醉眼，
极目远眺思若涌泉：
碧空如洗山眠晚，
皎洁婵娟似银盘；
雾笼寒波看鱼跃。
烟遮柳岸听啼猿。
天籁无声胜有声，
光华温馨照大千。
千娇百媚尘难染，
美难方物九霄悬。
神女仙姬思娇艳，
姚黄魏紫盼美颜。
浩然清辉映江波，

闲雅灵气出龙潭。

我也曾邀她花下酌，

可惜对影才成三。

齷齪世界酒醉人，

使我不得开心颜。

你虽美难以共把盏，

好可怜高处不胜寒。

李白踉跄低头观看，

啊？演漾江心、银辉冉冉、波光粼粼、随波逐澜。

哈哈，捉住她装到我胸中，

我胸中自有光辉照心田；

从此后我锦心绣口壮肝胆，

天生我材必有用，当然不凡。

咱们的诗仙纵身投江捉影去，

可怜他魂归大江再没有回还！

千金买壁 (河南坠子)

一堵粉壁立寺前，
墙上题诗语非凡。
僧人以为乱涂鸦，
要铲除诗句结善缘。
（白）"且慢！"
前朝宰相的孙女宗文焕，
带着她贴身的丫鬟出府游玩；
见墙上的题诗立足观看，
不由得脱口朗诵情绵绵：
（朗诵）"我浮黄河去京阙，
挂席欲进波连山。
天长水阔厌远涉，
访古始及平台间……"
朗诵过全诗看落款，
啊？原来是李白酒中仙。
她随即让丫鬟去付黄金一千两，
交于僧人说直言：
"这面墙壁我买下，
请你管护要从严；

不许损坏和遮掩，

还要防风雨霜雪给弄残。"

那僧人阿弥陀佛连声念：

"贫僧遵命谨记心间。"

这千金买壁的事越传越远，

惊动了杜甫高适还有李白这位诗仙。

他们仨梁园初相见，

酒后吟诗乐陶然；

李白题诗于粉壁，

才引出千金买壁的佳话万古传。

那杜甫跟着李白学浪漫，

和高适到宗府说媒心拳拳。

这时候李白年近五十岁，

宗小姐芳龄十八好容颜；

她羡慕李白才情无双、同情他遭遇坎坷正落难，

就请他招赘宗府结良缘。

才子佳人风流韵事，

至今还在到处流传。

荒唐（鼓儿哼）

年轻媳妇焦玉娇。

恼恨老公姚光昭；

怀疑他拈花惹草有外遇，

想办法捉奸拿双使妙招。

"老公，我妈打电话说她有了病，

我想回娘家去瞧瞧。"

姚光昭说："瞧咱妈要去买礼品，

要捎上我的问候莫辞劳。"

焦玉娇打扮停当出门走，

姚光昭急发微信给英桃；

英桃是焦玉娇的好闺密，

姚光昭和她偷情有私交。

两人相见先搂抱，

激情接吻欲火烧；

赤裸裸要滚床单床上倒，

依惯例要先抹上润滑剂，再做那俯卧撑操。

不料想枕头边的润滑液被焦玉娇早倒掉，

换成了万能粘合的强力胶。

哎呀呀，了不得，不得了，

这两人无缝连接、合体相交，那叫牢又牢。

动一动就疼得嗷嗷叫，

不动吧，如同焊接、似品玉箫，痛入骨髓汗雨浇。

无奈何拿手机拨通120，

请求急救实在难熬。

这时候脚步声响房门开，

怒冲冲闯进焦玉娇；

拿起来苍蝇拍叭叭叭，对姚光昭的屁股使劲儿关照：

"死鬼！我恨不能剥你的皮捅你千刀。"

她看见下面是闺密英桃银牙紧咬，

伸出手拧得她泪如雨下似狼嚎；

"小浪货，狐狸精，

你背叛闺密我决不轻饶。"

眨眼间救护车已经来到，

救走了姚光昭和英桃。

不一会儿又来了两位刑警，

带走了无知荒唐的焦玉娇。

没良心（三弦书）

鲁班技工妙通神，
工匠祖师天下闻。
他有个徒弟梅靓鑫，
聪明能干又殷勤。
晨起习艺听鸡叫，
夜晚练技望星辰。
斧刨锛凿全学会，
开卯打榫能创新。
设计绘图担大任，
建屋修桥报雅音。
眼见师傅年高迈，
他一心独闯江湖去打拼。
鲁班知他傲气盛，
有意逐他出师门。
梅靓鑫一走不回头，
鲁班单干也费心。
比如解木拉大锯，
独自操作太伤身。
鲁班急中生智慧，

发明了一个木头机器人。

这机器人，真灵巧，

帮他拉锯能屈伸。

既省工本又省力，

都夸他技艺真超群！

梅靓鑫同样遇到这问题，

无法解决暗思忖：

"我找师傅去求教，

怎奈无脸见师尊。"

不如偷偷上山去，

躲过师傅暗访寻。

等到更深夜半时，

趁师傅沉睡梦乡他亲临。

小院内，月光下，

他仔细观察木头机器人；

拿出尺子量尺寸，

用笔详细记得真。

然后悄悄溜回家，

仿造不差半毫分。

谁知道实验千百次，

统统失败，不知道是何原因。

无奈何厚着脸皮去问师傅，

鲁班点头笑吟吟：

"你虽然照猫能画虎，

却不知机器人内有颗心；

器具无心难启动，

人无真心、不知感恩，没有良心枉为人。"

这件事传遍了万里远近，

人都骂梅靓鑫是真没良心！

偶然（大调曲子）

大街上，车水马龙人往来，
街旁边耸立着一块巨大广告牌。
牌下面站着一对情侣，
一人一个拉杆箱好像出差。
男的叫王凯，文质彬彬模样儿帅，
研究生毕业更多才，
女的叫翟劢，丰神楚楚薄施粉黛，
穿吊带连衣裙，凹凸有致、性情儿乖。
他二人肩并肩手拉手在把人等待，
等学友同乘飞机去美国留学壮情怀。
这时候有位过马路的老奶奶，
忽然跌倒在尘埃。
想站力不在，
想爬头难抬。
车多心惊骇，
围观人发呆。
王凯情急难等待，
把翟劢的小手忙丢开；
匆匆抬腿大步迈，

想要扶奶奶免祸灾。

翟劢拉住他瞪眼责怪：

"亲爱的，你盲目冲动不应该。

咱马上乘坐飞机到国外，

可管她咋死咋葬埋。"

"不！咱道德风骨几千载，

危难时咱应挺身站出来。"

王凯他冲上前去搀扶老奶奶，

呜——

狂风大作起阴霾。

哗啦啦，树木倾倒遭毁坏，

呼通通，空中掉下广告牌；

哎呀呀，正砸中翟劢的天灵盖，

血流遍地魂归去，实属悲哀。

王凯他救奶奶躲过危殆，受人敬爱，

翟劢她偶然丧命却令人费疑猜！

偶然（大调曲子）

173

和珅之死（大调曲子）

那一年正月初三日西沉，

乾隆帝驾崩断了魂。

和珅他守孝忙出殡，

正月初六嘉庆帝登基，降圣旨逮捕和珅抄他的家门。

在他家超出白银一万三千亿两，

还有那无数的珍宝玉器、字画古玩和黄金，

嘉庆皇帝列出他罪状二十多条，

降圣旨在正月十六将其凌迟处死除祸根。

这凌迟就是用刀一刀一刀割他的肉，

一直割三千六百刀命才能归阴。

和珅在天牢遭囚禁，

他宠爱的三老婆探监费苦心；

交给他乾隆皇帝的一道密旨，

是乾隆皇帝生前颁发由他保存。

他以为是乾隆赐他的尚方宝剑，

打开一看顿令他魂飞魄散慌了神，

密旨上只有"留全尸"三个字，

啊！分明是要他死早就存心。

留全尸比刽子手的刀还要毒狠，

"唉，我原本就不是乾隆的宠臣。"

想至此他不禁悲泪滚滚，

捶胸顿足、号啕大哭、泪湿衣襟：

"苍天哪，世人都夸我机敏，

我咋比蠢猪还要蠢。

大地呀，同僚都夸我能混，

我咋混得要灭门！

唉，悔不该卖官鬻爵掌大印，

悔不该索贿受贿贪金银，

悔不该民脂民膏全榨尽，

悔不该贪赃枉法欺良民。

我就像皇家一条狗，

喂肥了就宰杀，命中注定不由人。"

和珅他凄凄惨惨、悲悲切切、哀哀伤伤、愤愤恨恨，

吟出一首绝命诗超群绝伦：

（朗诵）"五十年来梦幻真，

今朝撒手谢红尘。

他朝水泛含龙日，

认取香烟是后身。"

和珅挥泪上吊自尽，

落得骂名千古闻。

战友情（河南坠子）

审判长，书记员，

端坐法庭好庄严。

正审理一桩离婚案，

时间是1986年的某一天。

原告是军人妻子周小倩，

控诉她的丈夫梁中原：

"他曾经参加过对越反击战，

荣立过一等功名不虚传；

也曾经到大学做过讲演，

令我感动、使我敬慕、产生情爱，最终成家结良缘。

他在部队当连长，

每月薪金是七十二元。

我在家生下娇儿他不管，

每个月只给俺娘俩六元钱。

我吵他、骂她，他也不分辩，

俺满腹苦水似黄连。

我怀疑他有外遇瞒着俺，

因此坚决离婚不容商谈。"

审判长请梁中原做答辩，

他微微摇头、欲言又止，好像是十分为难。

审判长再三良言相劝，

他方才无奈说根源：

"审判长，周小倩实话实说没错抱怨，

我知错认错决不喊冤。

只是我心里边还装着十一个家庭——"

"啊！你必须如实坦白不许隐瞒。"

梁中原情急说走了嘴，

无奈只好说实言：

"1978年参加对越自卫反击战，

我和战友十一个人相约在战前；

攻打梁山咱打头阵不畏艰险，

照顾咱家人的责任，谁活着谁就承担。

这一仗打下来就剩下我一个，

我死也难忘战友的誓言。

我每月的薪水是七十二元，

十二个家庭平均分每家六元。

先拿六元寄给我的妻儿，

剩下的分别寄到战友的家园。

这样做苦了妻儿我实在抱歉，

离婚吧，我同意离婚不再拖延。"

周小倩闻听泪流满面：

"审判长，离婚诉状我撤回请您包涵。

中原，我后悔真不该把你埋怨，

跟着你再苦再累心也甜，咱情也真意也真，破镜立刻就重圆。"

她说着当场拥抱起她的老公，

乐坏了审判长和书记员。

到后来不少人为烈士家庭捐款，

让保家卫国的英烈们含笑九泉。

明白人（河南坠子）

左宗棠新疆平乱统率三军，

他策马扬鞭过乡村。

猛抬头看见街边有个棋牌室，

门上挂一块匾额还镀着金，

上写着天下第一棋手，

着实有点儿吓唬人。

门前有棵老槐树，

枝繁叶茂扎深根。

树荫下，摆棋盘，

端坐着一位鹤发童颜、仙风道骨、精神矍铄的老者，年近六旬。

左宗棠，有棋瘾，

论手谈，满朝文武他第一超群绝伦。

他下马和老者寒暄一阵，

那老者让座敬茶笑吟吟。

最后二人决胜负，

那老者连输三局枉称尊。

左宗棠用手对门上的匾额点了点，

摇摇头就翻身上马急驰狂奔。

二年后他平定叛乱、收复新疆、班师回朝，

又路过那个闹市乡村。

见景象依旧、老者健在，欢迎他大驾光临。

先奉茶后敬酒又对弈列阵，

不料想左宗棠连输三局暗自惊魂。

他无奈投子认输、不耻下问：

"先生，你为何前后判若两人？"

"大帅，你先前去杀敌身负重任，

草民我怎敢折你锐气、让你气馁、难以开心。

今天您功成名就、鞭敲金镫，奏凯传喜讯，

草民我赢了大帅、为你助兴，想必您不会怒生嗔。"

左宗棠连连点头，赠他白银十两，

还不住夸他："真是一位明白人！"

洛神（河南坠子）

月朦胧，柳含烟，

曹植远行过洛川。

遥闻惊涛拍堤岸，

近观清流连碧天。

忽然水旋浪花溅，

河中间出现一位美婵娟。

只见她风姿绰约水上站，

绫衣罗裙步姗姗；

云鬓峨峨珠光闪，

粉面皎皎修眉弯；

星眸闪闪巧笑倩，

丹唇灼灼皓齿鲜。

雪肤玉肌馨香扑面，

削肩纤腰宛若天仙。

原来是洛神宓妃离水殿，

哎哟哟，亲娘啊，看一眼咋就心猿意马难自专，梦也想来魂也牵！

那宓妃翩若惊鸿、宛若游龙，近前与曹植相见，

慌得个风流才子如醉颠；

忙赠玉佩叙艳羡，

宓妃她命俦啸侣舞翩跹。

她凌波微步姿妙曼，

长袖飞扬迅腾翻；

和曲放歌莺声哼，

气若幽兰情尽欢。

怎奈何人神难以牵红线，

她怅然告别没入了碧波间。

那曹植心沉冰渊难再返，

面对洛水一个劲儿地痴望呆观。

急切切挥笔写成《洛神赋》，

真个是情意绵绵锦绣篇，引人入胜千古流传！

煮豆燃萁（京韵大鼓）

三国时，有位曹丕魏文帝，

初登基，怕他弟弟为劲敌。

他弟弟曹植有名气，

才高八斗世间稀；

风流倜傥无人能比，

谋士如云心相依。

"他位居东阿王又有见地，

倘若他篡权谋位恐怕我难以狙击。"

这曹丕心存芥蒂生诡计，

召见曹植相威逼：

"咱父皇曾夸你才高八斗了不起，

听人说你也自命不凡，真觉得无人能及。

你若能七步成诗我佩服你，

若不能就是狂妄自大，我立斩你的首级！"

那曹植似乎心里早有底，

挺身而立，迈步前移；

神色自若举止得体，

信口吟诗、不慌不急：

"煮豆燃豆萁，

豆在釜中泣。

本是同根生,

相煎何太急?"

他吟完还没有走过七步,

悲泪如雨滴湿衣。

那曹丕目瞪口呆会其意,

又羞愧又感动连声叹息。

煮豆燃萁是比喻兄弟相残无情义,

曹植他机敏谦抑、才华无匹、诗含深意、消弭嫌隙,

吟咏出千古传奇!

唾面自干（京韵大鼓）

武则天当政多弊端，

世道人情重如山。

官高就能说了算，

独断专行胆包天。

你不知官场有多么黑暗，

那小官见了大官心惊胆战腿先弯；

拱手施礼赔笑脸，

低三下四，活像是见了他的老祖先。

娄师德位居同凤阁鸾台平章事，

相当于宰相不一般。

他弟弟任代州刺史资历浅，

临行前，他问弟弟为官之道心照不宣。

弟弟说："上司的话要照办，

明知他错了也不说穿；

看风使舵听差遣，

昧着良心去高攀。

他若是将唾沫吐我一脸，

我谈笑自若心不酸；

多自责，更自谦，

低眉顺眼，抬手把唾沫给擦干。"

娄师德摇头表示不满，

抬起手拍了拍弟弟的肩：

"你这么做，还差得远，

着实让愚兄为你把心担。

你想想，你擦干唾沫定招来他的反感，

说明你想躲避他的愤怒感到难堪；

你应该谢教诲，感恩典，

诚惶诚恐装痴憨；

说汗颜，发誓愿，

甘当那孝子贤孙请容宽。

任唾沫在脸上千万别管，

让它自然风干化云烟。

只有如此，那上司他才会另眼相看，

弟弟，这是肺腑之言你可要牢记心间。"

这唾面自干从古至今变没变？

我说不清道不明还需要冷眼旁观。

赠令尊（河洛大鼓）

有一位秀才本姓孙，

自以为天生聪明学问深。

他看不起种田人，没有文化手脚笨，

经常拿庄稼老汉寻开心。

这一天，他在家中心烦闷，

迈步到村外去游春。

迎面碰见赵老汉，

肩扛锄头笑吟吟：

（白）"你好哇？秀才，你是个有学问的人，我想向你打听个事。"

（白）"说。"

"老汉我天生太愚钝，

请问你什么是令尊？"

（白）朋友们，过去，人们称呼对方的父亲为令尊，对方的母亲为令堂。这孙秀才一贯看不起种田人，你猜他怎么说？

"老头儿，往后哇，你看见别人家的儿子就叫令尊。"

"哦，别人家的儿子就是令尊。秀才，谢谢你呀。"

赵老汉，很相信，

硬是把秀才的话信以为真。

你看他满面赔笑又发问：

"秀才呀，请问你家中有几位令尊？"

孙秀才闻听心恼恨：

"咦，这老头儿实在令我伤脑筋！

这便宜不能让他全占尽。"

"嗯，我家里只有令堂没有令尊。"

（白）"秀才，你都三十多啦，咋还没有令尊呢？是你有问题，

还是你老婆不会生令尊哪？"

（白）"这、这……"

"别急，秀才你真是不走运，

为这事你千万别伤心。

老汉我家里的儿子可是真不少，

（白）你随便挑一个吧。

我情愿送你一个，当你的令尊！"

认爹（河洛大鼓）

繁华闹市东大街，

车水马龙不停歇。

小伙子，谢建业，

自行车骑得真叫绝；

双脚猛蹬多快捷，

车轱辘连地皮都不贴（啦）。

冷不防对面来人他胆怯，

急切间车闸忘了捏；

咚！撞得那人一趔趄，

扑通通，仰面朝天摔一跌。

谢建业车翻人倒嘴一咧，

右腿破皮流鲜血。

他翻身爬起不怠懈，

急慌忙搀扶被撞的老大爷。

旁边过来个年轻人，

瘦高个子像麻秸；

满头黄发有点儿野，

歪嘴龅牙双眼斜：

"喂，你骑车横冲直撞像螃蟹，

撞了人，你说这事咋解决？"

（白）"你？"

（白）"哈哈……

快送他去医院验伤莫打别，

慢一步，我照脸上给你俩锅贴。

再不然，想私了，好商榷，

你给我一千元钱咱算完结。"

"哟，凭啥让我给你钱？"

"这……因为这老头儿是俺爹！"

（白）"啊?！他是您爹？"

（白）"对！爹，

别害怕，莫胆怯，

他赔一千，连个钱角都不能缺！"

谢建业气得嘴直撇，

惹恼了被撞的老大爷：

"呸，你小子瞎了狗眼真卑劣，

告诉你，他是我儿我是他爹。

你当我儿，先回家问您妈愿意不愿意，

她愿意，我要认你我是鳖！"

围观者笑骂连声多轻蔑，

那小子脸红得像只熟番茄；

当众出丑遭戏谑，

他拔腿就跑，活像是穿上了兔子鞋！

求医（山东快书）

打工青年李元吉，

牙疼得眼泪往下滴：

（白）"哎哟……"

无奈何去到医院里，

挂号就诊看牙医。

那牙医正想心事太大意，

拿镊子拔牙猛用力，

牙拔掉，手一抖，

吧，那颗牙掉到了喉咙眼里干着急：

"你的病已经不在我的职责范围内，

你快到喉科去求医。"

李元吉跑到喉科去就诊，

那医生做过检查连叹息：

"唉，那颗牙已经看不见，

肯定是不在胃里在肠里。

你的病已经不在我的职责范围内，

你快找肠胃专家莫迟疑。"

李元吉到肠胃科室去就诊，

那专家做过检查笑嘻嘻：

"咳，那颗牙不在肠胃里，

它的位置比肠胃还要低；

你的病已经不在我的职责范围内，

你去找肛门科教授还来得及。"

李元吉匆匆跑到肛门科，

那教授做过检查连称奇：

（白）"奇怪!

你肛门里怎么会长出牙齿?

分明是存心给我出难题。

你这病不在我的职责范围内，

想拔牙快到牙科去求医。"

李元吉闻听心有气，

捂着腮帮下楼梯：

"那是些什么破医生，

硬把我当成皮球来回踢!"

吃回扣（河南坠子）

唱一位供销科长侯凤楼，
她有个妞妞叫石榴。
小石榴年方七岁挺俊秀，
刚上学，都夸她是个聪明伶俐的乖丫头。
这一天，侯凤楼将五元钱交到石榴的手，
要她到食品店里去买酱油。
小石榴在食品店里放眼瞅，
见巧克力不由得口水流。
她忍不住买了两元钱的巧克力，
又买了三元钱的酱油没停留；
回到家，侯凤楼一见气得直发抖，
用手指狠戳石榴的头：
"死丫头你竟敢吃回扣，
简直是败家的祸根令人愁。"
小石榴一看要挨揍，
嘴噘得足能拴住一头牛：
"哼，你自己天天在单位吃回扣，
也不知咱俩谁是大毒瘤！"
侯凤楼闻听眉头皱，
坐在那儿，活像只撒了气的大皮球！

懒婆娘（河洛大鼓）

冯三成的老婆黄玉容，

天生是个大懒虫。

恁您要问她有多么懒，

她解手连裤带都不想松。

三伏天她躺在床上不想动，

手摇着扇子喊老公：

"孩儿他爹，快做碗面条床前送，

下面条，要多放小磨香油拌大葱。"

她老公闻听好像奉将令，

挽袖子和面一阵风：

"孩儿他妈，你把面板拿过来，

我擀罢面条再切葱。"

"咦，天太热，我懒得动，

这样吧，擀面条你搁我背上中不中？"

她说罢一翻身把布衫拉过头顶，

露出脊背白生生：

"来吧，方才我刚洗罢澡，

我这脊背比面板又平又卫生。"

她老公无奈只好拿脊背当面板，

擀好面条又问了一声：

"孩儿他妈，这擀好的面条没法切呀?"

"咦，我这脊背上切面条是庙里失火——光剩钟（中）啦。"

她老公忍着气拿过切菜刀，

在脊背上切起面条噌噌噌；

那刚磨过的菜刀真要命，

眼睁睁一刀下去一道红：

"孩儿他妈，我这手有点直发抖，

难道说你就不嫌疼?"

黄玉容趴在床上懒得动，

龇牙咧嘴骂老公：

"死鬼！说实话，疼是疼，

再疼我也懒得吭一声!"

亲儿子（河南坠子）

婆媳俩菜场细留神，
东边找罢西边寻：
哟，这西芹，鲜又嫩，
没农药残液不沾尘；
菜叶上还有露珠儿滚，
咳，咱就买二斤好西芹。
儿媳选菜很谨慎，
婆婆讲价更深沉：
"小伙子，卖菜一定得公允，
你可别缺斤短两坑害人。"
卖菜的小伙儿气不忿，
手拍胸脯话出唇：
"大娘，买卖公平是根本，
公买公卖好生存。
要骗你我是你亲儿子，
还请你不要小看人。"
儿媳闻听脚一顿，
气得满脸飞红云：
"哼，你想当她亲儿子我不认，
简直是狗踩键盘——乱弹琴！"

看人讨价（河洛大鼓）

有位老汉贺丰年，

到服装店直奔一套皮衣前；

摸了又摸，看了又看，

回过头，对老板招手忙不闲：

"老板，这一套女式衣裙很鲜艳，

请问你卖多少钱？"

青年老板胡其善，

打量着这位顾客笑开言：

"大叔，这是名牌很经典，

优惠价，最低只要两千元。"

贺老汉闻听瞪大了眼：

"啊？你呀你，想要蒙我不沾弦！

我问你，方才那姑娘买了一套刚出店，

卖给她，你为啥只要五百三，连价都不还？"

"这……"

胡老板眼珠转了好几转：

"大叔，咳！我对你实说不隐瞒，

那姑娘是我亲妹妹，

我根本不想要她一分钱；

她硬说亲兄妹做生意账得明算，

她丢下钱就走让我心烦！"

"她真是你亲妹妹？"

"咦，要哄你我是河里的王八大老鼋！"

呲，贺老汉脸色变了好几变，

怎么那么巧，那位姑娘去而复返笑语甜：

"爸，俺嫂子说她嫌这皮衣裙的颜色艳，

别买啦，她让我请你回家莫迟延。"

胡老板闻听傻了脸，

贺老汉手指着老板说个没完：

"听见没有？她是我亲生女如假管换，

我几时生养过你这个看人讨价的混账儿，你不害羞惭！"

贺家父女说罢出了服装店，

剩下了这位胡老板他面红耳赤、目瞪口呆，大半天难以开言……

看人讨价（河洛大鼓）

你是我老公（山东快书）

私家车司机马卫星，

暗搞客运把人坑。

随意宰客行不正，

这黑车简直成了害人精。

这一天，有位小姐想乘车，

吔，这小姐长得真齐整！

身材苗条、举止文静，

连衣裙裹体露酥胸；

瓜子脸，白生生；

丹凤眼，亮晶晶，

披肩发，黑丁丁，

手腕儿上的珊瑚镯子红彤彤。

手拎着坤包很出众，

嗬，简直是活脱克隆的影视明星（啊）！

她上车香气扑面来，

马卫星不由得笑盈盈：

"小姐，我这可是私家车，

为行方便学雷锋。

搭车收费能优惠，

给多给少可通融。

可就是这几天查得紧，

罚款让人心肝疼。

等回头遇见交警查黑车，

你就说你是我的女友中不中（啊）？"

那小姐闻听抿嘴笑，

说出话来真好听：

"师傅你就放心吧，

我干脆就说你是我老公！

只要师傅少收费，

我一定哄得那交警头发蒙。"

她说着话还连连送秋波，

直勾得马卫星那血压噌啊噌地往上升！

他心猿意马魂不定，

差一点儿没有闯红灯。

交警小王看到这情景，

伸手臂拦车不放行；

满面带笑先敬礼，

迈步近前问连声：

"同志，这小姐是你什么人？

家住哪里请说明。"

马卫星和那小姐下了车，

那小姐抢先答话气冲冲：

"哼，你没事找事管得宽，

告诉你，他是我亲不溜溜的亲老公。

俺就在前面那个小区住，

查户口，别忘了你可是个交通警。

（白）没那权力！

老公，我到菜场去买菜，

吃晚饭，我想让你喝两盅。

我去买鲜鱼黄瓜西红柿，

快给我二百元钱别癔症（啦）。"

马卫星心里正高兴，

听说要钱头发蒙：

"不给钱，露了馅儿交警要罚款，

给钱吧，这贱货把我坑得可不轻!"

无奈何咬咬牙掏出二百元人民币，

那小姐接过钱嫣然一笑，还来了个飞吻，扭扭捏捏去如风。

马卫星骗人被人骗，

跳进了自己挖的骗人坑。

肉包子打狗（安徽琴书）

妞妞的妈妈刘怀柔，

让妞妞去买包子到红楼。

小妞妞买了包子往回走，

她看着那包子口水直流。

那包子里边全是肉，

香喷喷哩想流油；

白生生来皮不厚，

馋得她一个劲儿地伸舌头。

（狗叫声）汪，汪汪！

小妞妞抬头用眼瞅，

只看见邻居家的大黄狗；

对着一位老奶奶，

张牙舞爪叫不休。

老奶奶吓得直发抖，

一屁股坐到地上头。

九岁的妞妞眉一皱，

对着黄狗大声吼：

（白）"狗，滚开!"

大黄狗听见好像没听见，

圆睁狗眼情不留；

扑上去要咬老奶奶，

小妞妞急忙地上捡砖头；

抓住砖头就砸狗，

砰！

砸住狗头实在牛。

谁知道那狗发疯强忍受，

俩前腿扒住了老奶奶的肩膀头；

龇着牙，张着口，

要咬奶奶死不休。

小妞妞急中生智有有有，

拿包子就像扔皮球：

（白）"给，吃吧！"

狗鼻子善能闻香臭，

乖乖！肉包子直把狗魂勾。

你看它放开老奶奶，

衔起包子、摇头摆尾、撒开四蹄、就往家溜。

小妞妞扶起老奶奶，

老奶奶夸妞妞真是个聪明的小丫头！

奶奶骗人（安徽琴书）

小军的妈妈王秀云，

从深圳打工回家门；

给婆婆买了一件新衣服，

给小军买了奶糖和点心。

她眼望着小军轻声问：

"宝贝，奶奶待你亲不亲？"

小军扑到妈怀里，

圆睁大眼笑吟吟：

"妈，奶奶对我亲得很，

可就是……"

（白）"快说呀！"

"可就是……"

（白）"快说嘛。"

"可就是奶奶光骗人。"

奶奶摇头抿嘴笑，

王秀云急忙问原因：

"小军，你再过两天就五岁了，

不许撒谎，才是奶奶的好孙孙。"

"妈，那天奶奶给我洗澡，

滑倒地上扭伤了筋；

我问奶奶疼不疼，

她说不疼咬破了嘴唇。

她一瘸一拐难行走，

还带我去买冰淇淋。

妈呀妈，你说说，

奶奶她是不是在骗人?"

王秀云听得情难自禁，

奶奶说：

"秀云，小孩子说话你别当真！"

小军拉着奶奶的手，

摇头晃脑挺直了身：

"奶奶你喝了一碗白开水，

带着我去买冰淇淋；

奶奶说冰淇淋不如白开水，

妈，你说她是不是在骗人?"

王秀云难答儿子问，

奶奶她笑开了满脸菊花纹：

（白）"小军，别说了。"

（白）"不，我要说!

奶奶你带我去买肯德基，

那味道实在香喷喷；

要你吃，你不吃，

你还说，看见那洋人的东西你恶心。

奶奶呀，你回到家里吃野菜，

妈妈呀，奶奶分明在骗人!"

王秀云听得热泪滚：

"妈，你不能这样宠爱咱小军。"

奶奶说："你和他爸爸打工去深圳，

我在家当然得照看好我的小孙孙!"

小军聪明又伶俐:

"奶奶,你快吃奶糖和点心。"

他三人你看我,我看你,

那琅琅的笑声声真温馨!

咋不哭哇（安徽琴书）

三岁妞妞赵小舒，

乖巧可爱胖乎乎；

小脸圆润带酒窝，

水汪汪一双大眼珠。

人见人爱都喜欢，

听听她的笑声才满足。

小舒刚刚学走路，

跌跌撞撞不让人扶。

腿一软，摔了个屁股蹲儿，

疼得她咧嘴搁劲儿哭：

（哭）啊！啊……

哭了两声不见人，

她俩眼珠圆睁直骨碌；

心里说："没人哄我我是哭啥哩?"

这时候妈妈闻声跑出屋；

一见小舒地上坐，

小手不住摸屁股；

分明是妞妞摔倒了，

忙问道："屁股疼了你咋不哭?

（白）哭哇，你咋不哭哇?"

小舒闻听连摇头，

小嘴一咧出气粗：

（白）"嗯嗯，我就不哭。"

（白）"哭吧，屁股都摔两瓣啦，咋不哭哇?"

"爸爸今天不在家，

妈妈你打我我也不哭。"

咳，原来是妈妈她一心生个白胖小儿，

跟着儿子好享福；

他爸爸没有旧观念，

待小舒就像掌上的夜明珠。

妈妈听了小舒的话，

心里对女儿暗暗佩服：

女儿幼小啥都懂，

谁对她好、谁对她歹，她心里可是全都清楚!

修车（山东快书）

主任医师葛欣怡，

在修车厂瞪眼跺脚着了急：

"啥？我的奔驰轮胎撒了气，

干吗要挂号、检测、先行缴费不许迟疑？"

修车厂长齐自立，

眼望天空、负手而立笑嘻嘻：

"嘿嘿，这就像到医院看病先挂号，

然后做尿常规化验、血液化验找问题。"

"咦，你想化验随便化吧，

无非想让我破费脱层皮。

只要马上能修好，

我不糊涂也不迷。"

"哈哈，葛主任真是通情又达理，

你看，技师们从车上已经拆下发动机。"

葛欣怡转身一看瞪大了眼，

活像那羊角风患者受了刺激：

"啊？我的车轮胎撒了气，

你……干吗要拆发动机？"

"嗯，这就好比我感冒了找你去看病，

你为啥让我做肠胃镜、心电图、B超和CT。

给你说，看情况发动机需要换零件，

请问你想要换国产的还是进口的？

国产的，很便宜，

进口的最便宜也要九万九千七。"

"耶，当心我告你敲诈勒索罪！"

"中啊，你要不告我不依！

患者的心脏需要搭支架，

正规价几千元钱，你为啥偏要三万九千九百九十一？"

葛欣怡自知没有理，

忙把话题给转移：

"这样吧，你要钱多少我给你，

要保证质量一流更高级。"

齐自立闻听仰天大笑：

"哈哈，你这话简直像垃圾。

患者到医院去看病，

你啥时候保证过绝对治愈有限期。

我们修车也一样，

只能说出水才看两腿泥。"

葛欣怡急得汗如雨，

只因为她老公从海外归来，她急着开车到机场去接机。

事到临头后悔迟，

扑通通坐在地上那眼泪一个劲儿地往下滴！

看奥运女排决赛（河南坠子）

唱年轻媳妇周怀柔，

和她的婆婆白玉楼，

婆媳俩包着饺子看电视，

看的是奥运会女排决赛，争冠夺金占鳌头。

塞尔维亚的姑娘真优秀，

上一场把美国女排打得落花流水难应酬；

前不久还战胜过中国女排称魁首，

奥运决赛当然想再拔头筹。

中国姑娘年轻气盛、精神抖擞，

一个个如生龙活虎竞风流。

伸臂拦网张双手，

跳跃猛扣抡拳头。

周怀柔在学校爱打排球好拼斗，

结婚后电视里没有球赛就发愁。

她看到第一局中国女排比分落后，

忍不住脱口大声喊加油：

（白）"加油！加油……"

她婆婆正捏饺子手一抖，

不由得双眼睁得像乒乓球：

"怀柔，这饺子馅儿里油不少（啦），

再加油我怕香得过了头（哇）。"

周怀柔眼瞅着电视屏幕眉紧皱，

原来是塞尔维亚的四号扣球情不留；

周怀柔不禁失声喊"拦网"，

直吓得婆婆魂欲丢；

双手猛挤饺子馅儿全露，

噗！皮破馅儿出油直流。

婆婆想要埋怨还没开口，

赛场上球如闪电嗖哇嗖；

这边拦，那边扣，

实在是不拼个你死我活不罢休。

周怀柔眼不眨、气不喘，

忽然张手大声吼：

（白）"扣!"

她真把捏的饺子甩出手，

哎哟哟，正砸中婆婆的鼻梁沟。

婆婆受惊没看透，

莫名其妙问缘由：

"怀柔，你这是让我出啥丑？

咱娘俩可是没有仇!"

（白）"咋没仇？

前几天，咱就败在她们手，

咱今天一定要复仇!"

这时候，赛场上中国姑娘惊魂、历险、凯歌高奏，

终获冠军实在牛。

周怀柔把她婆婆怀中搂，

欢笑狂舞放歌喉；

下饺子，品美酒，

祝咱的女排姑娘长盛不衰、雄霸千秋!

天雷（山东快书）

年轻举人文英华，

进京赶考离开家。

中途遇见四位同道，

（白）同道就是同路人，都是进京赶考的举人。

五个人结伴同行、吟诗作对，有说有笑挺解乏。

这一天正然往前走，

突然一阵狂风刮；

呜，树枝摇晃乱云飞，

唰，闪电刺眼放光华，

咔，雷声好似连珠炮，

哗，雨点连天往下砸。

乖乖，暴雨倾盆不住地下，

五个人全都淋成了落汤的鸡娃娃。

（白）好嘛。

哟，路边有座土地庙，

进庙避雨减减压。

（白）"哎哟，淋死我啦。"

不料想闪电如金蛇狂舞进庙门，

那沉雷好像要炸脑袋瓜。

王举人说："谁是恶人快坦白，

看样子龙是要把恶人抓。"

李举人说："别一只老鼠坏一锅汤，

说出来滚出庙门让天惩罚。"

五个人你看我、我看你，

个个摇头无应答。

赵举人说："咱干脆写个'出'字来抓阄，

谁抓住谁就出去挨挞伐。"

韩举人应声做好阄，

抓到'出'字的恰巧就是文英华。

那四个人合力推他出庙门，

他站在暴风雨里直咬牙：

"我自幼丧父，撇下母亲俺娘俩，

我母亲教我读书，木棍当笔纸作沙。

三更明月五更鸡，

悬梁刺股谁不夸！

我堂堂正正读书人，

锦心绣口笔生花。

苍天哪，大地呀，

您要秉公请明察。"

他正在对天祈祷说实话，

轰隆隆，身后破庙被雷炸塌。

那四个举人全被砸死，

难道说果真是苍天有眼、神目如电，一点儿都不差！

蛇蝎女人（河南坠子）

十五岁的男生冯怀中，

旷课三天无影踪。

班主任打电话给他妈妈谢红杏，

手机咋也打不通。

班主任无奈报了警，

奉命调查的是周正和宁寒冰。

他二人先到冯怀中家里去，

对他妈谢红杏细问详情。

谢红杏徐娘半老、能言善辩、姿色出众，

她说道："俺儿子爱玩手机，我说他打他，他都不听。

俺娘俩吵了几句嘴，

他离家出走，就和我玩起失踪。

我到处找他找不到，

急得我吃不下饭、睡不着觉，像热锅上的蚂蚁，团团乱转要发疯！

感谢您关心俺家门不幸，

等一会儿他就回来也说不清。"

她说着揉揉眼睛落下泪，

俩刑警摇头告别疑心生。

访问先到村委会，

人们说："谢红杏一家三口人，

她丈夫打工去了广东；

他儿子上学常住校，

她好像有了外遇、招蝶养蜂。"

二刑警问左邻右舍众街坊，

都说是："这女人就是个狐狸精。

她私通本村光棍丁守成，

她儿子失踪，肯定是她挖的坑。"

刑警们当机立断，逮捕了谢红杏和丁守成，

分别审问，丁守成是首先坦白交代清：

原来是谢红杏他俩正滚床单、颠鸾倒凤，

被冯怀中无意撞见怒气冲冲；

他觉得他妈妈对不起他爸爸，

也让他无脸见老师同学和亲朋；

火冒三丈，掂菜刀要和丁守成拼命，

谢红杏夺过菜刀，抱住儿子死不松。

她让奸夫忙掐住儿子的脖颈，

她儿子拼命挣扎连踢带蹬。

她抱着儿子的双腿催奸夫把儿子掐死；

趁月黑风高把儿子的尸体往水井里扔。

俗话说虎毒不食子，

这个娘们儿毒似蛇蝎该枪崩。

到后来丁守成被判死刑她被判死缓，

万古千秋、千秋万古落下骂名。

我就跟你走（河南坠子）

刚结婚不到俩月的周吟秋，

拉着她老公侯本修；

亲亲热热逛商场，

说说笑笑上了二楼。

先挑了一件红色的连衣裙还是短袖，

又选了个鳄鱼皮坤包，是意大利进口的新款式，那叫真牛。

紧接着又相中一款高跟的水晶凉鞋，

到最后给老公拿了两瓶法国的名酒XO。

然后排队去结账，

这周吟秋心里头只觉得甜甜蜜蜜、幸幸福福乐悠悠。

你看她眉开眼笑如醉酒，

慢闪秋波，直盯着身后的老公，开玩笑撒娇卖弄风流：

"帅哥，你替我去结账呗，

你结账我就跟你走，我保证圆你的美梦、千金女化作绕指柔。"

这玩笑让人觉得是精神享受，

侯本修心花怒放连点头；

他走近收银台付款还不忘作秀：

"宝贝儿，我付了款你要撒赖咱可不罢休。"

这小两口斗嘴惹得人乱瞅；

冷不防背后有人把衣服揪；

侯本修回头一看双眉皱，

见一位大小姐秋波含情，那眼神直勾勾：

"帅哥，你也替我结结账呗，

结过账我也跟你走，别管啦，管教你春风一度魂欲丢！"

诸位，您说这物质女的脸皮有多厚？

见便宜就像那苍蝇逐臭自来投。

无可奈何（三弦书）

洞房花烛第二天，

夫妻俩你恩我爱笑开颜。

新郎官，吕俊彦，

羞愧地告诉新娘元香楠：

"亲爱的，咱俩已经成夫妻，

我有事不该对你相隐瞒。"

（白）"啥事呀？"

"我曾经结过一次婚。"

"啊！您现在是不是藕断丝还连？"

"她出车祸被轧死啦，

早烧成骨灰魂归九泉。"

（白）"真的？"

"真的。"

"不骗我？"

"骗你我是小狗！"

"嗯，这还差不多。"

元香楠，头连点，

笑靥如花话语甜：

"老公，我打开窗户说亮话，

我也有……几段旧姻缘。"

（白）"啊！几……几段哪?"

"嗯，不多，就三段。"

"带咱俩这一次不?"

"带咱俩这一次总共才四次！"

"四次你还嫌少哇?"

"不，要说多，也不多，

这就叫阅人无数有经验。

你想啊，离一次婚男方的财产我就分一半，

我现有三处房产、三辆轿车、百万存款，还有一个小儿男。"

"啥? 你还有个小男孩儿?"

"对，我拖个油瓶啥稀罕！

你不费一枪一刀吹灰力，

就有个两岁的白胖娃娃追着你爸爸爸爸喊得欢。

咱弯刀对着瓢切菜，

破筷子旧筷笼谁也别烦，要互相包涵。"

元香楠看吕俊彦咬牙切齿、连声长叹，

随即就掐腰跺脚把脸翻：

"你不服咱就吹灯拔蜡去离婚拆分家产，

管叫你丢人打家伙还得赔钱。"

吕俊彦呆若木鸡傻了眼，

无可奈何地紧握双拳泪如雨下湿了衣衫。

他的钱（三弦书）

风吹落叶满地旋，

北雁南飞天转寒。

大树下，马路边，

坐着个没有双腿的残疾男。

脏乎乎的衣服黑黪黪的脸，

靠左臂支撑伸右手要钱。

他因车祸失去双腿，

肇事者逃逸无处申冤；

爹死娘嫁别无亲眷，

他周全为生存只得讨饭乞哀告怜。

从大街过来一位大姑娘，

身穿着蓝牛仔裤白衬衫；

圆圆的面孔大大的眼，

黑发粉鼻、樱唇桃腮，还带着笑颜。

看年纪也不过二十五岁，

在医院当护士名叫柳如烟。

柳如烟和周全同住一个家属院，

从幼儿园到初中都同在一个班。

她同情周全多灾多难，

每天见面就给他十元钱。

从春夏到秋冬天天不间断，

好像是约定俗成很自然。

柳如烟给钱扭头就走，

周全他接钱也没有感谢之言。

这一天，柳如烟只给了他五元钱，

周全他欲问又止，只用白眼翻了好几翻。

第二天，柳如烟又给了他五元钱，

他忍不住开口质问，语气还有点儿烦：

"这两天你给的钱咋少了一半?"

"哦，我准备结婚买房买车给老公多攒点儿钱。"

"啊！你攒钱也不能用我的钱（吧)?"

"啥？难道你从始至终都觉得我给你的都是你的钱?"

柳如烟如梦初醒、大吃一惊、摇头长叹，

周全他自以为理直气壮、理所当然。

这正是：升米恩斗米仇亘古不变，

施恩久了，你的钱他认为就是他的钱！

221

黄狗与黑猪（鼓儿哼）

有一个四周陡峭的深水坑，

掉进只黄狗乱扑通；

那黄狗前腿扒、后腿蹬，

昂着狗头喊连声：

（狗叫）"汪、汪汪……"

您要问它叫啥哩？

它喊它的朋友大黑猪快来救它，可不要慢腾腾。

大黑猪慌慌张张跑过来，

见此情景大吃一惊：

"狗弟，想救你可惜我不会游泳。"

"猪哥，要救我你快去找根绳。"

大黑猪心急跑得快，

来往好像一阵风；

找到绳子跑过来，

急忙就往水里扔。

欻！一条长绳扔下水，

把黄狗气得可不轻：

"猪哥，扔绳子你扔一头有多好，

另一头握在你手中；

我好抓住绳子让你拽上去，
你这样岂不是白搭工。"
大黑猪眨眨眼睛好像明白了，
你看它前腿高抬后腿蹬，
扑通一声跳下水，
抓住绳头问了一声：
"狗弟，绳头我已握在手，
你说，我咋救你出水坑？"
黄狗又气又感动：
"猪哥，感谢你陪我同去枉死城！"
这时候猪狗的主人跑过来，
救猪狗上岸笑盈盈。
有人骂：连猪狗都不如，
真的，猪狗有情胜过亲弟兄！

黄狗与黑猪（鼓儿哼）

铜锁与钥匙（鼓儿哼）

黄铜锁，气冲冲，

对着钥匙骂连声：

"小钥匙，你个马屁精，

成天能来可不轻。

主人出门我看家，

上锁后我就寸步难行。

你跟随主人到处逛，

吃罢大餐去舞厅；

再不然风景区里赏美景，

看主人幽会情人你陪同。

我不嫉妒你天生有好命，

你不该回到家就往我心上捅!"

小钥匙，气哼哼，

摇头摆尾怒抗争：

"哼，别仗着你个儿大有恃无恐，

离开我这个小钥匙你一事无成。

你上了锁动也不用动，

就留下会看家的千秋美名。

我成天跟主人东奔西跑，

拴到他腰带上不得安宁；

他若是偶尔不高兴，

随手拿住随意扔。丢了他也不心疼。"

铜锁说："我离了你钥匙照样过。"

钥匙说："我离开你铜锁也能行。"

它俩怄气翻了脸，

主人要开锁，钥匙无了影踪。

主任一怒用石头砸开了锁，

把坏锁扔到了垃圾桶中；

钥匙现身再也无用，

一甩手就往垃圾桶中扔。

铜锁和钥匙又见面，

都后悔莫及泪盈盈。

铜锁与钥匙（鼓儿哼）

225

蜜蜂与苍蝇（鼓儿哼）

礼堂内只只蜜蜂排排坐，

准备听蜜蜂劳模来演说。

脸上笑，心里乐，

打扮得干净又利索。

也有些听众好怪异，

戴蜜蜂面具打赤膊；

散发臭味儿非小可，

露出绿色大脑壳。

讲台上摆放着演讲桌，

扩音器就在桌上搁。

蜜蜂王子致罢辞，

掌声雷动请劳模。

不料想劳模也戴着蜜蜂面具，

发表演说，振振有词，还朝气勃勃：

（白）"同志们好！

我们蜜蜂天生爱花朵，

采花酿蜜不藏拙。

勤劳廉洁不贪污，

我无私奉献为家国。

生生死死为人民，

有一口气，也要为咱百姓而活！

不学苍蝇甘逐臭，

暗把细菌猛传播。"

哗——

台下掌声如雷动，

戴面具的听众大吆喝：

（白）"好!""欧拉!"

不料想突然刮来一阵风，

那蜜蜂劳模的面具被刮落；

显出它苍蝇的真面目，

惊慌展翅忙逃脱。

戴面具的听众也原形毕露，

追随着假劳模逃进厕所，害怕被捉。

众蜜蜂我看看你、你看看我，

犀利好似尖刀戳。

唉，这就叫：跟着蜜蜂找花朵，

跟着苍蝇进厕所，请您细忖度。

女神（河洛大鼓）

大海边，游乐区，

沙滩上，人欢娱。

有的静享日光浴，

有的游泳不停息。

看！人群中走出少妇季晓丽，

看年纪约有二十七；

头戴游泳帽，身穿游泳衣，

雪肤润如玉，粉面蜂蝶迷。

丰胸柳腰细，肥臀骨清奇；

长腿细猿臂，健美无人敌。

杏眼水灵灵，哎哟哟，亲娘啊，她秋波一闪准让你口水不住往下滴。

你看她扑向大海扬双臂，

逍遥击水，活像一条美人鱼。

这时候忽听有人喊：

"救命啊！"声嘶力竭好焦急。

季晓丽昂首举目看过去，

原来是有位小伙儿沉浮在深水区。

看样子好像双腿在抽筋，

眼看要葬身鱼腹命归西。

季晓丽奋力击水游过去，

抓住那小伙儿的胳膊往上提；

劈波斩浪游上岸，

那小伙儿肚子鼓鼓、双眼紧闭，直挺挺躺着，就和死了差不离。

季晓丽骑在他光溜溜的肚子上，

用双手按压他的胸部猛用力；

那小伙儿张嘴吐了两口水，

依旧是生命体征无信息。

这时候有人早打了求救电话，

也有人不住摇头连叹息。

季晓丽牙一咬、心一横，

俯身低头嘴对嘴，急忙进行人工呼吸。

有人说："这女人泳衣湿透胸现形，

分明是借口救人占便宜。"

有人说："你看她私处快要露形迹，

说她是女流氓都没问题。"

这时候来了救护车，

那小伙儿也睁开眼能够呼吸。

医生说："要不是姑娘出手抢救，

这小伙儿肯定绝对无生机。"

季晓丽不顾满脸汗如雨，

拿饮料猛喝一通，急忙漱口昂然而立。

我急忙用手机拍下英姿，

那照片简直比女神还美，还有容仪。

我要对讥讽者大骂几句：

"救人的美德你咋看不到？你为啥大睁俩眼，鸡蛋里挑骨头，光找问题？

季晓丽是女神，你分明就是风尘女，

我忍不住要骂你一句！"

孺子可教（快板书）

日照下邳晨风凉，

紫燕戏水柳丝长。

张良漫步在桥上，

见一位老人躺在桥头旁。

那老翁粗布衣袍破又旧，

须发皆白两鬓霜；

手撑着脑袋地上躺，

右腿架在左腿上，脚挑着鞋子乱晃荡；

那鞋子嗖一下子落到了桥下边，

那老头儿对着张良直嚷嚷：

"喂，你去把我的鞋子捡过来。"

张良他觉得可笑又荒唐。

心暗想："我本是韩国贵族少公子，

只因为秦国灭韩我才家破国亡；

我也曾潜藏到博浪沙，

刺杀暴君秦始皇。

避祸隐居来下邳，

你和我素不相识，你让我给你捡鞋太乖张（啦）。"

仔细看这老头儿双眼有神、炯炯发亮，

好像有无穷智慧胸中藏。

嗯。对待老人理应敬仰，

给他捡鞋又何妨！

想到此噔噔噔跑到圯下水边，

捡回鞋子开了腔：

（白）"给你鞋子。"

（白）"给我穿上。"

张良含笑双膝跪，

给老头子穿鞋挺安详。

老头子对张良端详了大半晌，

捋着胡须头高昂：

（白）"嗯，孺子可教也。

你五天后清早来这桥头上，

我保你今生能够如愿以偿。"

张良闻听大喜过望，

欲拜谢那老翁却消失得无影无踪，不知道去了何方。

第五天天没亮张良就到了桥头上，

见老翁端坐桥头气色冰凉：

"雄鸡三唱东方亮，

你姗姗来迟不应当。

想受教再等五天莫迟到，

别让我等你空自忙。"

又过了五天到鸡叫，

张良到桥头，见那老翁端坐声悠扬：

"你小子咋又来晚了？

我真想给你两巴掌。

再过五天你再来，

再来晚了，你可要哭天抹泪悔断肠！"

转眼间又到了第五天，

张良他求学若渴，一夜都没有沾床；

通宵都坐在桥头上，

鸡叫头遍那老翁匆匆而至，见到张良喜洋洋：

"小子，我赐你《太公兵法》竹简一册，

期盼你兴汉灭秦挑大梁。"

张良他接竹简跪拜恩师，

抬头看那老翁飘然而去，晨雾茫茫。

到后来张良他熟读兵法、运筹帷幄、决胜于千里之外，

辅助刘邦、灭楚兴汉、天下名扬！

命运与良心（鼓儿哼）

唱宋良宋平二弟兄，

沿街乞讨过营生。

时值盛夏响晴天，

烈日晒得头发蒙；

汗流浃背嗓子冒烟儿，

口渴得连喘粗气不消停。

恰遇见村头有一眼水井，

只可惜没有水桶想打水也不可能。

宋良见井水离地面很接近，

就让宋平拽住他的双脚，他倒立入井喝水身当绳。

他解了渴，心高兴，

眯着眼睛笑盈盈；

轮到他拽住宋平下井喝水，

谁知他顿起恶意手一松；

扑通通，宋平掉进水井里，

他扬长而去一溜风。

不料井水并不深，

（白）"救命，救命啊！"

好可怜千呼万唤无人听。

宋平他干脆不再呼喊，

想办法逃出生天苦苦支撑。

转眼间到了日过午，

朦胧中听见井边有人声：

有人说："听人说王员外的千金小姐生了病，

延请了多少名医都束手无策、徒劳无功。"

另有人说："她只有吃南山的蟠桃能治病，

若不然她绝对活不成。"

"嗯，天机不可泄露，快走吧。"

"对，咱快回洞府打坐去修行。"

不一会儿有人来打水，

仗义行善救了宋平。

宋平到南山找到桃树，摘下唯一一个大蟠桃，

去王员外家声称自己对医术精通；

让王小姐吃了蟠桃治好了她的病，

王员外招赘他为婿，他成了富翁。

这件事被乡亲们口口传颂，

宋良闻听暗暗吃惊：

"我原想害死他我少了累赘，

没想到他的命运因那口水井能变更。

嗯，我不妨跳到那水井里，

说不定也能够另有奇遇，平地飞升！"

这宋良找到那水井跳下去，

偏遇着那两个怪人怒冲冲：

"咳，咱泄露天机要受严惩，

恨上来咱不妨把这水井填平。"

他们手一挥移来半座山，

那水井竟成了宋良的墓坑！

怪病（河南坠子）

三十岁少妇韩香兰，

紧握轿车方向盘；

忧心忡忡愁云布满脸，

缓缓说出肺腑言：

"老公，省医院专家已经诊断，

你大腿上的肿瘤不一般；

想切除手术费需要五万，

咱砸锅卖铁去借贷也不能拖延。"

她老公，任长远，

坐在那副驾驶位上心厌烦：

"我腿上就是长了个小肉瘤，

按着疼，不按不疼，没啥稀罕；

那专家一张嘴就要五万，

手术刀简直就是招魂幡。

咱要有五万元钱还不如给儿子当学费，

绝不能给黑心医生白送钱。"

韩香兰知道老公脾气倔，

就拐弯抹角倾心谈：

"老公，你嫌省医院手术要钱多，

咱不妨到县医院去看看。

你是咱家的顶梁柱，

总不能让咱家塌了天。"

说这话韩香兰把车开到了县医院，

经检查是一个良性肿瘤可致瘫；

先交三万元钱手术费，

能保证手术又快又安全。

任长远扭头就走连声说："扯淡，

老子我就是死也决不会上贼船！"

韩香兰拉住她的胳膊连声唤：

"老公，手术费你嫌贵我也反感，

请别发脾气出恶言。

出医院往右拐，不远有个小诊所，

咱不妨到那儿去请中医给看看。"

任长远看老婆急得眼含泪，

就听之任之没有再纠缠。

小诊所有一位仙风道骨的老中医，

看了看他的腿满面笑颜：

"嗯，你这是血栓肿块，

用盐水热敷就能消散绝对安全。

我再给你开五元钱的小药片，

保你痊愈还不会反弹。"

任长远夫妻回到家如法炮制果然灵验，

这件事太稀奇就到处流传。

关键时刻（河洛大鼓）

鳄鱼池水翻浪花，

成群鳄鱼水中趴；

有的鼓肚瞪着眼，

有的张嘴龇着牙。

游客看着心害怕，

偏偏老板乱耍叉：

"谁敢跳进鳄鱼池，就算谁胆大，

我当场把一百万元赏给他。"

话音未落只听扑通一声响，

见一人飞身入水像风刮。

大鳄鱼突然受惊吓，

扭头回身甩尾巴；

那个人还真有两下，

欻！跳到了鳄鱼背上用足踏；

借力腾空往外跳，

噌！跳上了水池岸边，把满头冷汗不住地擦。

好可怕他左脚的鞋子被鳄鱼咬掉了，

差一点没咬断他的胖脚丫。

那老板倒是没说二话，

给了他100万元还一个劲儿地夸：
"先生你真是勇敢又潇洒，
让人敬佩、崇拜难表达。"
不料想那个人火冒三丈，
横眉怒目咬钢牙：
"哼，刚才是那龟孙在背后踢了我一下，
害得我差一点儿喂鱼难回家。"
这时候他老婆挤到他跟前，
摇晃着他的胳膊笑哈哈：
"老公，一个成功男人的背后总有一个好女人，
在关键时候推他一把，助他奋发。
我那一推可是深情无价，
感谢我，这奖金你可得全让我花。"
她老公知道她早有外遇，
忍不住骂了一句："真是人渣!"

交警罚款（河洛大鼓）

油罐车司机路本源，

送罢油驱车回家园。

中途远望警灯闪，

原来是交警查车如戒严。

路本源对此司空见惯，

到近前稳稳停车在路边。

这时候走过来交警队长夏炳焕，

"喂，出示证件我看看。"

路本源出示了身份证、驾驶证、营运证，

"哦，你一应证件都齐全。

不过，你这车超载了……"

"啊！我这是空车请别闹着玩。"

"哼，我说超载就是超载，

给，这是两万四千元的罚款单。

你必须把车开到交警队大院，

敢违抗加倍罚款不容还。"

路本源不敢争辩只得照办，

交了罚款，怒气冲冲到法院告状喊冤；

声称他一车汽油在交警队被盗，

罚款单是证据铁证如山；

要求让交警队赔款二百四十八万，

还要赔礼道歉避免纠缠。

法院调查、汽油被盗、依法决断，

交警队照价赔偿有口难言。

也只好打掉门牙肚里咽，

偷鸡不成蚀把米惹人笑谈。

路本源把赔款捐献给了灾区，

落得美名到处流传。

回春泉（快板书）

说白云山，红石崖，

松林中，有三间草房向阳开。

草房里住着老两口儿，

都七十多了，没有儿女少钱财。

老头儿姓蔡名四海，

花白胡子长满腮。

这一天，红日高照放异彩，

蔡四海出门上山去砍柴。

离家时腰也弯，背也驼，

还不住地咳嗽像遭了病灾。

（表演）咳！咳……

日落时，老太太接他到门外，

只见他噔噔噔，大步流星下山来。

满头黑发惹人爱，

眉清目秀脸变白，

花白胡子全不见（了），

直挺挺，虎背熊腰头高抬。

脚下生风走得快，

看年龄还不到三十笑颜开。

乖乖！那模样，真叫帅，

笑嘻嘻，放下了肩上背的一捆柴。

老太太目也瞪，口也呆，

我忍不住替他喊OK！

（白）OK！这可是我替老太太喊的。

老太太越看老公越有派，

忙问道："哎，你怎么狗尿苔变成了青龙槐？"

蔡四海神采奕奕挺和蔼：

"老太婆，我一说准把你的嘴笑歪。

我今天打柴闯险隘，

累得我满头大汗不住地揩；

嗓子冒烟渴难耐，

猛看见一池泉水润青苔。

我也不管好和歹，

咕咚咚，趴到池边喝起来。

呃，不料想泉水的味道真不赖，

比喝那千年老酒都痛快。

醉得我脸热心跳身摇摆，

躺地上倒头酣睡忘形骸。

谁知道一觉醒来容颜改，

哈哈！我返老还童、青春常在、身强力壮，胜过了发大财！"

老太太又是惊喜又愤慨：

"咦，你咋不带点儿泉水回家来?！

让我也喝喝泉水变年轻，

再不愁老死土中埋。"

"咳，那泉水不能装衣袋，

更不能抓上一把怀里揣（呀）。"

（白）水揣到怀里肯定和尿裤子差不多！

老太太气急也无奈，

这一夜她躺床上翻来覆去炸油不住地唉。

（白）唉！唉……

蔡四海劝她她也不理睬，

直追问泉池在哪儿别让猜（了）。

第二天她起床就把干粮带，

天不亮就去找泉池不徘徊。

谁知道她这一去坏了菜，

直到天黑也没回来。

这一下急坏了在家看门的蔡四海，

他借月光翻山穿林步青苔。

到泉池遍寻不见人影在，

猛听见哇哇的哭声似婴孩。

（学女婴啼哭）哇！哇……

走近看，见老伴儿的衣服地上摆，

衣服上躺着个女婴小乖乖！

蔡四海抱起女婴暗自揣：

"哦，这娃娃肯定就是我太太。

老伴儿啊，这泉水虽说能回春，

喝多了，你变得好像刚刚离娘胎。

你贪图青春美貌忘主宰，

变成个娃娃不应该（呀）。

你可知回春水喝得多了也有害，

撇下我孤苦伶仃更悲哀！"

（哄女婴）"哦，乖！别哭了。"

蔡四海抱着他的娃娃老婆急匆匆找人去喂奶，

您别笑，贪便宜太过头了也遭灾！

243

巧骂（评书）

　　话说清朝乾隆四十七年，大贪官和珅任礼部尚书，大才子纪晓岚任礼部侍郎，这俩人同在一个单位工作，都很有才干，彼此谁也不服谁，那是矛盾重重。

　　有这么一天，御史孙子云六十大寿，满朝官员都到孙府贺寿。孙御史大摆筵席，和珅与纪晓岚恰好同坐一桌。正在上菜的下人一不小心，把一盘梅菜扣肉啪嚓一声，掉在地上。偏偏跑过来一只大黄狗，张嘴对着那地上的梅菜扣肉吧唧吧唧就吃起来。和珅见这狗长得：体状毛色黄，身高尾巴长；两眼冒凶光，好像山中狼。遂灵机一动，想要调侃纪晓岚一下，就皮笑肉不笑地对纪晓岚说道："哎呀，这是何物？是狼是狗哇？"诸位，您可听清楚了，他说的叫是：侍郎是狗哇！纪晓岚多聪明啊："哦，我官居侍郎，你和珅竟然指桑骂槐，骂我是狗。嗯，你就瞧好吧！"他随即指着那狗说道："和大人，你堂堂一品大学士，难道这畜生是狼是狗你都分不清楚吗？"和珅故意装糊涂，摇摇头说："纪大人，我还真分不清楚。""咳，那我告诉你：这个畜生的尾巴如果下垂，它就是狼；如果它的尾巴上竖，记住了，尚书就是狗！"咦，您说这纪晓岚有多"损"吧，他不是比鸡骂狗，而是直言不讳：尚书就是狗！和珅气得脸都绿了，嘴角上的肌肉直打哆嗦。旁边的御史孙子云惯于溜须拍马，急忙给和珅帮腔说："狼吃肉，狗吃屎；可有时候是狗也吃肉，是狼也吃屎。"您瞧瞧，御史孙子云这马屁拍的：绕了一圈儿，还是骂"侍郎吃屎"！纪晓岚摇摇头说："嗯，御史大人你只知其一，不知其二，这狗是遇肉吃肉，遇屎吃屎！"

　　咳，御史吃屎！纪晓岚把和珅与孙子云直骂得面红耳赤，哑口无言！

盲人打灯笼（评书）

怪事年年有，今年特别多。话说有一天，女大学生冯娜在大街上行走，偶然发现一个盲人，用手中的木棒挑着一盏大红灯笼，灯笼里边好像安着电灯泡，闪着光亮。诸位，我必须特别说明：冯娜看到的可不是一位正在忙碌的人，而是一个双目失明的人。冯娜盯着这盲人看了好大一阵子，心中暗想："盲人的眼睛看不见路，干吗还要打着灯笼呢？如果他不是瞎子，那就更没必要打灯笼了呀！"冯娜百思不得其解，回到大学校园，找到他最崇拜的导师张文博教授，向他请教。

张文博教授手摸下颌，微皱双眉，沉思良久，忽然两眼闪光，笑着说道："如果你说的这个人是怕别人看不清路，那他就是儒家；如果他是怕别人撞到他，那他就是墨家；如果他认为黑夜出门必须打灯笼，那他就是法家；如果他认为他想打就打，顺其自然，那他就是道家；如果他想借此开悟众生，那他就是佛家；如果他明明看得见，却故意装瞎，那他肯定是政治家；但如果他真瞎，还打着灯笼，给别人引路，这绝对是某些专家！"

冯娜哈哈大笑说："老师，我明白了。"诸位，您明白了吗？

（根据网络上流传的段子改编）

改口费（故事）

热烈而隆重的婚礼正在进行。该新娘向婆婆敬茶啦。唰！全场亲友的目光都朝新娘望去。只见美丽的新娘向婆婆面带微笑，深鞠一躬说："阿姨，请喝茶。"就这么轻轻一句话，顿时令亲友们目瞪口呆，心说：这咋叫婆婆阿姨呀？机灵的婚礼主持人马上提醒说："叫阿姨也没有啥不对，这是请婆婆快拿改口费。"婆婆站起身，从衣兜里掏出一个大红包，满面含笑递给了新娘。新娘接过红包，竟当众把红包打开了，见里面装着厚厚一沓百元大钞，足足有一万块吧。没想到新娘晃着那一沓子人民币说："阿姨你想让我改口不作秀，改口费请你拿六万六！"她这话一出口，把婆婆气得浑身直发抖，两眼含泪，曲对全场众亲友，声泪俱下地说："我……老婆子真的没钱了呀！我孩子五岁时他爹就因病离开了人世，撇下我既当娘又当爹，好不容易供我儿大学毕业，为了这场婚礼，他俩订婚时我出了八万八；接着是既买房又要买车，我花光了积蓄，砸锅卖铁，求爷爷告奶奶，东借西凑，欠了一屁股的债，临了房子、车子还得写上她的名字。为了娶上媳妇，这一切我都伸伸脖子咽下去了。今天举行婚礼，她娘家要求：接她的婚车起码三辆崭新的奔驰；还要给她三万上车费，三万下车费，现在还要六万六的改口费。苍天哪，我……这娶的是玉皇大帝的闺女呀……"婆婆说到伤心处，摇摇晃晃，险些晕倒。他儿子新郎杨天新急忙上前搀扶着妈妈，痛心地说："亲友们，今天的婚礼到此结束。我马上就把大家送的贺礼一分不少地退还给大家；今天的婚宴改为家宴，请大家开怀痛饮，一醉方休。至于女方和她的爹娘，请退还我的彩礼，马上离开现场。亲友们，请以最热烈的掌声欢迎他们消失！"

雷鸣般的掌声惊天动地，女方的亲友在全场的欢笑声中狼狈离去……

让座（故事）

　　我坐公交车去单位上班。公交车在一个站点停靠时，一下子上来很多人。我见一位二十多岁的小姐姐上穿V领T恤衫，下穿短裤，衣着暴露，被人挤得十分狼狈，就主动起身给她让位。不料她毫不客气，先从手提包里掏出卫生纸把座位擦了又擦，看样子是嫌我脏吧，这使我很不爽。只见她刚一坐下，就放了一个又响又臭的屁，简直要熏死人了！我忍不住说："哎呀小姐姐你可真讲卫生，把座位擦擦，还再吹吹！"她尴尬地瞪了我一眼，没说话。我接着说："你吹就吹呗，问题是你还口臭。"这一下把全车人都逗得哄堂大笑，那小姐姐霎时变成了红脸关公。我不依不饶地说："你口臭也就算了，关键是你那地方还没有牙，连个把门的都没有！"逗得人们连眼泪都笑出来了。

后记：皓首苍颜弄雕虫

余平生偏爱蒲松龄先生的大作《聊斋志异》及明、清笔记小说，以致百读不厌。作者随手拈来，似乎漫不经心，却往往出人意料，令人拍案叫绝。情节诡异，看似毫无意义，深思细品，却又意味深长。艺术精湛如此，可谓止境也。

过去，鼓曲、唱曲艺人在唱长篇说唱大书之前，总是循例先唱一个小段子，以招徕观众，预热场面。这个小段子被人称为"书帽"。因其功能所致，可想而知，其必超短小精悍、超具魅力、超精彩。我从小就喜爱长篇大书，更特别喜爱"书帽"。

我基本上从事了一辈子曲艺创作，还当了多年的《河南曲艺》杂志编辑，并誓言"要吊死到曲艺这棵树上了"。可惜到我七十六七岁时，先后因病动过两次手术，健康状况受到严重威胁。万幸病愈，想再创拙作，已力不从心，无奈只好改写"书帽"，玩点儿雕虫小技而已。

皓首苍颜的糟老头子人老心不老。敲击键盘之前，我总是在思考：能否继蒲松龄先生之大成，融入"小书帽"的形式中，使二者兼顾，紧跟新时代飞速发展的步伐，反映现代人，特别是现代最基层人的生活。这是前人未曾涉及的艺术领域，我斗胆"做第一个想吃螃蟹的人"。起初，我想把书名定为《书帽集锦》，专门为曲艺演员提供演出脚本。但是，写着写着，就感到距离明、清笔记小说的笔法似乎太远了。这个集锦其实是我创作实践的过程。对，只能说是"集"，却未必能见"锦"。"集锦"之说未免冒昧，颇有大言不惭之嫌，故而又改作《奇闻怪谭录》。现在，可演唱的文本和供人阅读的曲目大概平分秋色，各占二分之一。

敬请诸位同人谅解，谨向方家谢罪。

　　"书帽"本不宜长，序则最好更短。权当后记，如何？盼方家老师多提意见。

张九来

2023 年 9 月 23 日

后记：皓首苍颜弄雕虫